阿姨
露營記
陳素宜◎文
顏銘儀◎圖

【推薦序】

跟著兔子阿姨去露營

◎許建崑（東海大學中文系教授）

露營，孩子們可高興了。滿山遍野跑幾圈，累了，鑽進營帳躺一躺，等爸、媽召喚吃餐點，又可以抖擻再奔跑。對於打理露營前後的大人，就得大費周章。首先要搭建營房內、外兼炊事帳，桌椅、爐臺、鍋碗瓢盆都不能少，菜單事先擬定，下鍋的食物、佐料一一買齊。又要擔心天氣變壞，氣候冷暖難料，四季衣裳還得備妥。要是狂風暴雨驟來，難免鎩羽而歸。

繼歐洲、日本旅行，兔子阿姨和阿牛叔叔這次要帶我們去北海道露營，七件行李八十公斤的裝備，有些托運，有些得隨身攜帶，就要仔細規劃。而時間長達一個月，好、壞天氣都碰得上。風和日麗，心曠神怡；遇到大風大雨，只好改變行程，等待天晴。至於營地選擇是否恰當？食物是否新奇合口？碰見的日本業者、旅人，是否和善可親？兔子阿姨把準備的過程，以及經歷種種寫下來，無非要跟我們分享，並且理解露營的必備技能。更重要的是，在漫長的旅行中如何調節自己的情緒？

住在心裡的五個小孩

兔子阿姨自己說，她帶著喜兒、阿爆、小唉、樂樂和迷糊蛋出門。小唉，是個猶豫天使，遇事退縮，老是埋怨，從好的角度來看，能保護自己，不衝動，不受傷害；樂樂個性相反，樂天派，敢於嘗試，但比較不會深思熟慮。兩位都是性情中人。而阿爆是怒天使，火爆脾氣，

卻能見義勇為；喜兒，則是善天使，理性的代表，有洞燭世事的能力。至於迷糊蛋，又與喜兒的性情完全不同，傻人有傻福，反而讓兔子阿姨有了神奇的際遇呢。

兔子阿姨是不是想要告訴我們，每個人心裡都會有這五個小孩？不管是讀書、學習或旅行在外，遇上了突發狀況，情緒難免高低起伏。要如何調節自己的心緒呢？如果能和內心裡的五個小孩認真對話，一定可以穩定心情，理出頭緒，把事情做得恰恰好。

旅行也是一種節奏

情緒高低起伏，就好像我們的日常呼吸，是節奏，也是旋律。旅行也一樣，懷著想像興匆匆出發，到了陌生環境，又難免畏怯。遇見貴人幫助，喜出望外；要是大雨淋頭，諸事不吉，又會怨天尤人。如果沉穩下來，理清思路，見招拆招，把「吃苦當作吃補」，每件事情都能「迎刃而解」，內心的成就感可就大大的安慰了我們。

像兔子阿姨這次的北海道露營計畫，擔心五月時節天氣是否還很冷？安全是否免煩惱？野生動物會不會鑽進帳篷說哈囉？地板太硬怎麼睡？洗澡怎麼洗？日本湯屋要全裸相對，害羞嗎？換洗衣物怎麼辦？下雨天，又如何搭帳、收帳？這些問題，野營地的老闆也想過，為了怕熊闖入，做了電氣柵；要走進五湖區，就得找導覽人員陪伴。不過，煩惱歸煩惱，兔子阿姨還是一步一步往前走。峰迴路轉，遇見了負責的主廚做出好料理；好心的博士教導辨識櫻花品種；熱情的管理員在休息時間，特別通融遊客進入展覽區；每件事情又讓兔子阿姨笑得合不攏嘴。從低調到高亢，擔心到喜悅，等待到實現；留下了多麼美好的回憶。

寫出人生的迴旋曲

然而，兔子阿姨的文字旋律，更有一種魅力。她不是擔心旅程的未知嗎？卻有好朋友機場相送，甚至結伴同行。在日本的旅遊淡季，偌大的營地搭建了兩家蒙古包，偶有單獨的微小的帳篷陪襯，多麼淒迷！一群搭著巴士來的日本年輕人，飲酒、談話，喧鬧了整晚。天明後，消失得無影無蹤。男男女女的高中生，使得湯屋熱鬧非凡；而三、兩個喝酒的男人盤據，讓湯屋充滿疑雲。老舊的蒙古包，在風雨中破損；新買的帳篷，又在夜晚的風濤樹海中屹立。

對花草樹木的描繪，暗藏著時光的推移。五月初，新種的薰衣草一片綠油油；一個月後重返舊地，已經是紫色大地。但薰衣草的紫花，要在七月才開呢！看不到薰衣草花，同樣也嘗不到草莓鮮果；但是，你、我都透過了兔子阿姨的描寫，看見整片整片黑百合、鬱金香、魯冰花、芝櫻的怒放，也看到了兀立在冰冷海水中孤傲不倒的庫頁冷杉。

叫喚清晨的鳥兒，有時是烏鴉，有時是布穀，是誰過於喧鬧，讓兔子阿姨去買耳塞呢？原野中逡巡的是鹿，是丹頂鶴，也有孵蛋中的天鵝。有沒有熊出沒呢？

不過，最神祕的旅者應該是狐狸。一隻狐貍走過了早餐桌，為什麼是狐狸呢？是不是要點醒故事中段，阿權、紺三郎，以及開染坊的三隻小狐狸呢？孤獨的狐狸映襯著倒數第二篇〈一個人的露營〉，多麼寂寞，有種遺世之感；卻也反襯了兔子阿姨有友同行快樂的旅程。喧鬧與寂靜，幸福與孤獨，到底什麼是人生的主旋律？

至於兔子阿姨這次的北海道之旅，從哪兒入境，又從哪兒出境？經過哪些城市，駐紮過哪些營地？看見了哪些人文景觀？又如何想起臺灣？還請親愛的讀者們，從書本裡一一去發現。

兔子阿姨北海道露營地圖

日本海
浦臼鶴沼公園營地
小樽自然之村野營場
祭
京極露營場
札幌
羊蹄山
洞爺湖小公園露營場

目錄

兔子阿姨露營記

這是寫給小兔子看的日記，也是寫給你看的日記。

小兔子是很久很久以前，住在離海很遠的山村小女孩，現在她住在兔子阿姨的心裡。今年春天，兔子阿姨跟阿牛叔叔到北海道露營一個月，小兔子和一樣住在兔子阿姨心裡的喜兒、阿爆、小唉、樂樂和迷糊蛋，全都跟著兔子阿姨一

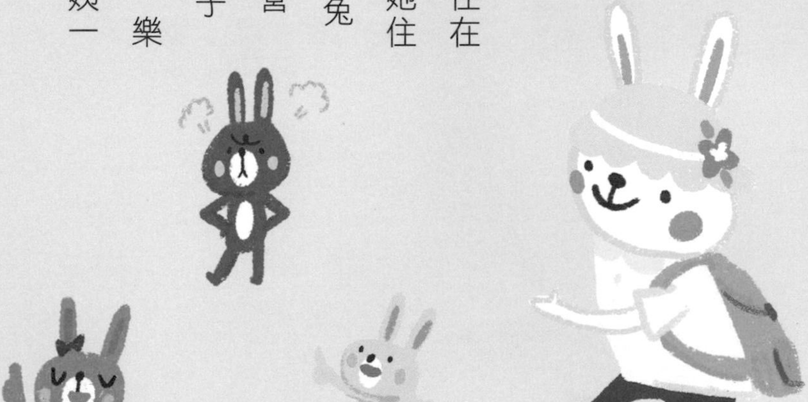

起出發了。

你是跟小兔子一樣，對外面的世界充滿好奇和憧憬的小男孩小女孩？還是跟兔子阿姨一樣，總是帶著住在心裡的小孩，四處參觀自然景觀、人文特色，學習新鮮事物的老小孩？不論你是誰，歡迎來看看兔子阿姨這一個月喜、怒、哀、樂兼具，外帶一點小迷糊的露營生活！

01 出發

5月18日 天氣 晴

一大早，就迷糊蛋上身了！在家裡把行李搬上車的時候，明明點得清清楚楚七大件：附輪子的大黑袋子，裡面裝的是帳篷、睡墊和睡袋；斑馬花紋的特大行李箱，裡面裝的是鍋碗瓢盆加露營用的瓦斯爐；大灰硬殼行李箱裝的是阿牛叔叔的衣物、相機和電腦；深咖啡色的中型行李箱放的是，我春夏秋冬四季的衣服褲子外套圍巾和毛襪，還有零食點心和常備藥；黑色有拉桿的背包，是阿牛叔叔的隨身行李，裡面有畫畫寫生的紙筆，和雨傘水瓶等一些雜物；我的隨身行李是鮮黃鑲綠邊的背包，裝了毛帽背心手套和筆記本；第七件是怎麼塞都塞不進箱子，本身又沒有袋子可裝的，兩張高靠背露營用椅子，用營繩緊緊的綁在一起。可是站在航空公司的櫃臺前，怎麼算，怎麼找就是少一件。眼看著地勤小姐就要秤完地上的行李了，我還在擔心是哪一件漏在家裡了。

「哎喲，最後一件在妳背上啦！」

阿牛叔叔拉拉我背上的背包，一邊說還一邊搖搖頭。真是的，這迷糊蛋嚇得我一身汗哪，要是漏了哪一件行李，在離家幾千里的北海道生活一個月，鐵定非常不方便的。

總算把託運行李處理好，沒讓迷糊蛋破壞事情，但是小唉又出來煩人了。因為幫我們載行李，送我們來機場的陳叔叔和咩咩阿姨說：

「真是佩服你們，好勇敢哪！露營一個月，我們想都不敢想！」

是啊，要露營一個月啊。當阿牛叔叔邀我跟小真叔叔和琳琳阿姨一起，在日本北海道開車露營一個月的時候，小唉就不時在心裡頭煩我了。她問我的第一個問題是：

「兔子阿姨，你上一次露營是什麼時候？」

上一次露營哪……好像是和阿牛叔叔參加登山隊的哈盆越嶺活動，那已經是十幾年前的舊事了。我記得當天晚上在竹林下紮營，半夜被蚊子叮得睡不著，天亮才發現兩隻小腿布滿紅點點，癢得不得了！下山後去看皮膚科，整整一個多月才完全好。

「就是啊，兩天一夜就受不了了，一個月欸，露營一個月欸，妳行嗎？」

小唉皺著眉頭問不停。樂樂鑽出來說話了：

「啊！哈盆越嶺，很好玩哪。晚上那數也數不清的星星，照著我們在清澈的潭水裡抓蝦。一輩子都忘不了呀！」

「要看星星想抓蝦，住在山上的民宿也可以呀，為什麼要露營？」

小唉瞪了樂樂一眼，繼續她的反露營理論。樂樂不甘示弱的說：

「哎呀，妳不懂啦。帳篷跟房子就是不一樣，帳篷讓你親近大自然，房子隔開大自然，感覺完全不一樣。」

「那三更半夜想上廁所怎麼辦？帳篷裡有廁所嗎？」

是的，小唉和樂樂就在我腦子裡吵呀吵的吵不停，吵得阿牛叔叔說：

「好啦，那我們就來一次旅行前的露營練習吧！」

他找了他的小學同學們，大人小孩一夥人，七頂家庭帳加上一頂超大的炊事帳兼客廳帳，在南庄的營地小山坡上，讓我再度體驗一下露營的感覺。

露營的感覺，剛開始確實不錯。小孩在草地上玩耍，大人泡茶聊天吃美食；可是到了晚上不但看不見星星，還開始下起大雨來。

雨水無法宣洩，累積在草地上，很快的淹過腳踝，超大的客廳帳接縫處，也開始漏水。小唉又在我的腦海抱怨了：

「就說露營很不方便了呀！」

這回，連樂樂也說不出話來了。

最後讓我下定決心，答應跟阿牛叔叔一起前往北海道露營的人物，就是識途老馬的小真叔叔和琳琳阿姨。他們很有耐心的回答我關於露營方不方便，安不安全的大小問題。像是睡地板不是很硬嗎？洗澡怎麼辦？五月北海道會很冷嗎？野外的帳篷裡，真的安全嗎？小唉在我腦海裡的提問，一一獲得說明之後，樂樂幫我下了一個決定：

「去了就知道了啊！」

終於經過幾個月的心理建設，和準備露營設備，我們今天帶著總重八十公斤的行李來到機場。就像陳叔叔和咩咩阿姨說的，我們勇敢的出發了！相信這一個月的露營生活，一定非常精采；相信我腦海裡的喜兒、阿爆、小唉、樂樂和迷糊蛋，也會不時跳出來，增加旅途上的喜怒哀樂和酸甜苦辣。

02 狐狸走過早餐桌

5月19日　天氣　晴時多雲

搭帳篷真的不是一件簡單的事情！首先要找一塊適合的營地，把帳篷布的部分攤開來。阿牛叔叔一眼看中大樹下，那一塊看起來很柔軟的草地。小唉卻跑出來跟我說：

「大樹下？不好吧！樹上的鳥拉屎會掉在帳篷上。」

於是我對阿牛叔叔搖搖頭，我才不要清鳥大便。阿牛叔叔又看中了車道入口右邊的草地，小唉還是有話說：

「旁邊有一盞路燈，要是晚上開燈開到天亮會很刺眼的，這樣會不好睡喔。」

所以我又對阿牛叔叔搖搖頭，我可不想明天一邊走路一邊打瞌睡。

「出門在外當然沒有家裡舒服，只要安全沒問題，其他的差不多就可以了啦！」

阿牛叔叔忍不住嘴裡抱怨，卻還是找了第三個地點，就在大草坪的正中央，頂上沒有樹枝，旁邊沒有路燈，這下小唉也閉嘴了。

我們先把黑色的防水布鋪在底層，上面放上帳篷本體鋪開，確定門口開在背風面，再用營釘把六個角固定好。然後把三支支架一截一截接好，分別穿過帳篷圓頂上的套管，兩個人在一根支架的兩頭，同時撐起支架，形成一個完美的半圓弧形，趕緊把兩頭固定在地上，再去撐起另外的支柱，三支支柱撐起來，一個蒙古包型的帳篷，就站在綠草地上了。

披上外帳，阿牛叔叔開始拉營繩、釘營釘，好讓帳篷更穩固；我帶著行李鑽進帳篷，開始安頓這來到北海道露營的第一個小窩。

太陽漸漸下山，天色暗了下來，冷涼的風吹過日之出營地，吹過我們藍色的蒙古包，和旁邊小真叔叔、琳琳阿姨他們的土黃鑲豆沙紅的新式蒙古包，還有草坪角落那一直都安安靜靜，像是主人出門還沒回來的，小小的單人深藍色蒙古包。喜兒跳出來說：

「這就是露營的感覺啊，回歸大自然裡優游自在，好舒服啊！」

「是啊，上次在南庄一大群人熱熱鬧鬧的露營，好像在開同樂會。現在這樣安安靜靜的露營，完全不同的感覺，就是人家說的，孤單而不寂寞吧！咦？是寂寞而不孤單，還是孤單而不寂寞？」

樂樂想起出門前那次練習用的露營，把兩次的感覺拿來比較，雖然完全不同，但是一樣快樂。小唉沒有這種閒情逸致，她對樂樂說：

「別管孤單還是寂寞了啦，你有沒有想到，今天晚上要在哪裡洗澡呀？」

洗澡？是呀，天黑了，星星都出來了，大家都還沒洗澡！

「換洗衣服帶好，還有保暖的圍巾帽子外套也要帶，我們上山去泡溫泉！」

阿牛叔叔和小真叔叔商量的結果，是要善用營地提供的泡湯優待券。大家把東西收進帳篷裡，營帳門拉好，四個人一部車，向山上開去。兔子阿姨腦子裡的小人兒吵成一團了，喜兒和樂樂高興的大叫：

「冷冷的天氣，泡溫泉最舒服了。」

「你們都不擔心帳篷沒人看守嗎？營帳門只用拉鍊拉起來而已呀！」

小唉開始碎碎念，阿爆不耐煩的要她閉上嘴巴。只有迷糊蛋悶不吭聲的看著車窗外面，飛馳而過的樹影。

就是這樣有點快樂又有點擔心的泡過溫泉出來，循著原來的山路要回營地。車子在彎彎曲曲的路上向前跑，車頭燈的光柱掃過路兩旁暗黑的樹林，我突然看到鵝黃的光圈中，有一個黑色的剪影。

「鹿！有鹿！」

車子停下來，我們沒有下車，就在車上，在車頭燈的光圈籠罩中，和一頭母鹿對看了天長地久，直到牠突然驚醒跳開為止。我們滿足的嘆口氣，開車回到營地，發現帳篷靜靜的，完全沒有改變的，在原地等待我們回來好好睡一覺。

只是，一大早烏鴉就把我們吵醒了，亮晃晃的陽光照進帳篷裡面來，準備起身做早餐囉。順手戴上手錶一看，竟然才三點多快四點而已！烏鴉和太陽啊，你們也太早起了吧！睡不著了，我們順著園區小路四處逛逛。聽說爬過小山後面，是七月欣賞紫色薰衣草花的勝地，現在才五月中，我們去看看有沒有早開的薰衣草吧。

一大片剛剛種下的綠色薰衣草，完全沒有要開花的意思，我們失望的回到營地，跟剛起床的小真叔叔和琳琳阿姨他們一起準備早餐。當我們把煎成微焦的吐司、酸酸甜甜的番茄炒蛋，和一鍋洋蔥萵苣湯放在餐桌上的時候，一個意外的訪客來了！

一隻狐狸，沿著我們剛才走過的小路，從山上向我們這邊走來，如果牠繼續沿著小路走，就會從我們圍坐的餐桌旁邊經過。我腦子裡的小人兒全都安靜的看著牠，一句話都沒說。我心裡想的只有一句話：

「啊，是狐狸！」

那隻狐狸就這樣走過我們的早餐桌，走過服務中心小木屋後門，走過停車場的路燈燈桿，消失在被廁所遮住的小路上。我們看著牠越走越近，我們看著牠越走越遠，直到牠消失蹤影，才回過神來開始吃早餐。

「對了，今天有經過超市的話，記得要買耳塞和眼罩喔。」

吃飽飯，我在寫日記的時候，阿牛叔叔這樣跟我說。

03 大人國溜滑梯

5月21日 天氣 多雲後小雨

買了耳塞，效果還不錯，早上四點的烏鴉叫聲變得微弱，我們可以睡到七點多才起床了。不過沒有買眼罩，因為天氣冷戴著毛線帽睡覺，把帽沿翻下來剛好遮住眼睛。旅途中就怕東西越買越多，行李越來越重，最後想帶又帶不動，不帶又浪費，就很傷腦筋啦！

這天我們要拔營離開日之出，搭營的程序倒過來做一遍，然後把防水布地墊、帳篷主體布還有外帳，攤開在陽光下晒乾才能打包，不然發霉就麻煩了。

「一、二、三、四、五……」

我一邊把草地上的營釘撿起來，迷糊蛋一邊數營釘，數著數著，竟然多出了一根！

「不會吧？再數一次。」

阿牛叔叔數了數，還是多一根。看來是前面來露營的人，忘記帶走了。我們再次檢查營地，確定所有的東西都放上車子，出發去看芝櫻囉！

「芝櫻？是櫻花嗎？櫻花很漂亮啊！」

喜兒說完，樂樂也點點頭：

「櫻花，櫻花，我們要去看櫻花！」

阿爆、小唉和迷糊蛋難得也安靜的期待，看到滿樹盛開的櫻花。只是當車子轉過山路，看到一座粉紅色的山，大家興奮大叫之後，發現芝櫻不是我們想像中的櫻花！

平常大家說的櫻花，是開在高高的樹上，會隨風搖擺像跳舞一樣的櫻花；凋謝時花瓣緩緩飄落，像是吹雪一樣的櫻花。眼前的芝櫻，單看一朵是小小的，成人拇指一般大的草花，有大紅色、粉紅色、白色和藍紫色的小草花；不過，當千千萬萬朵芝櫻鋪滿山頭，它們就變成了一片粉色的汪洋大海，沒有泥土的黃，沒有小草的綠，就是一大片、一大片彷彿沒有邊際的粉色大海！

「真是壯觀哪！」

阿牛叔叔忍不住出聲讚嘆，我腦子裡的迷糊蛋小聲的說：

「原來這個櫻花不是那個櫻花呀。以後真的不能聽到名字就亂亂說了。」

芝櫻這個名字給我們上了一堂課啊。

我們在芝櫻海洋裡徜徉一整天，彌補在日之出沒有看到薰衣草盛開的遺憾，沒有遇到浪漫的紫，能夠拜訪甜美的粉紅，也是讓人非常興奮的啊！慢慢走、慢慢逛，看看花、拍拍照，我們優哉游哉的樣子，引起一些聽得懂我們講的話的人，好奇的詢問，我們怎麼有這麼多時間。原來他們是跟旅行團來的鄉親，因為行程緊湊，所以來去匆匆。

我們送走好多臺遊覽車之後，決定啟程前往預定駐紮的營地——美幌森林公園。開車離開芝櫻海洋，山路越走人越少，天空滴滴答答的下起雨來。小唉又跑出來說：

「下雨真糟糕，等一下要怎麼搭帳篷呢？」

唉！這是剛才那些跟團旅行的鄉親們，不用煩惱的事情，所以說不同的旅行方式，會有不同的樂趣和困擾啊。還好，車子經過門口那隻大熊雕像的時候，雨已經停了。樂樂跟小唉說：

「不用那麼早擔心啦，你看雨不是停了。」

「比起下雨，那隻熊更可怕呀！」

沒想到小唉就是不放心，雨停了就開始擔心有熊出沒，迷糊蛋還在幫腔：

「那隻熊看起來超級大的，應該比阿牛叔叔高出一個頭吧？」

阿爆聽不下去了：

「你們不要再胡思亂想了，這裡是人家經營的露營場地，他們會考慮安全問題的。」

就這樣心情反覆的來到登記中心，一個熱情爽朗的阿伯接待我們，專業的態度讓我放下心中的疑慮，高高興興的跟著他在最佳角度，拍了一張團體照，貼在辦公室的牆上。

這個露營區有漂亮的蘑菇小木屋，站在綠草地上；也有兩兩並排的舒適型木屋，門口配一套木頭桌椅。不過這些我們都用不到，因為辛辛苦苦從臺灣帶來的帳篷，當然要搭起來呀。更重要的是，木屋的費用跟帳篷的場地費用，相差不少。搭好帳篷，我們四處走走認識環境。結果，天啊，我的老天啊！我發現了我變成大人以後，一直一直期待的東西。

那是三座溜滑梯！在山坡頂端架設高臺，傾斜的滑道沿著山勢遊走，或陡或緩的往山下而去。其中一座加頂變成隧道式的滑道，有一種游泳池裡滑水道的感覺；還有一座用圓形木棍鋪在滑道底層，我猜想這種滑道滑起來的感覺，一定特別不一樣。重點是，這三座溜滑梯非常大，跟格列佛的小人國遊記相反，這三座應該是大人國的溜滑梯！

我從小就愛玩溜滑梯，從高處往下滑，咻的一聲劃破吹過的風兒，聽見它呼呼的叫聲追著我跑，真是過癮極了。可是變成大人以後，就少有這種樂趣了。眼前這三座大人國的溜滑梯，正是我多年來夢寐以求的設備呀！正要飛奔過去爬上高臺，阿牛叔叔提醒我：

「不久前還下雨喔，滑道應該溼溼的。我看你還是明天再來吧！」

唉！沒錯，剛才搭帳篷的時候，還要特別找排水良好不積水的地方呢。好吧，就等它乾了再來吧。

拜託！明天早上別再下雨啦。還有，小唉請閉嘴不要說話。

給小兔子的留言

迷糊蛋：搭帳篷、拆帳篷好像很簡單，可是我看到後面就把前面忘記了，
你們誰來教教我好嗎？

樂　樂：看在妳這麼好學的份上，我來教你吧。我把過程整理成六個步驟，
這樣你比較容易記起來。

1.鋪防水地墊。這樣可以隔絕溼氣，保持帳篷的乾燥。
2.鋪內帳。這時候要注意開門的方向喔。
3.穿骨架。先把一節一節的骨架接起來，再穿過內帳上的布軌道，撐起來。這時候要記得把多出來的地墊折到內帳底下去，下雨才不會積水。
4.蓋外帳。注意門要跟內帳對好，然後把外帳內側的布條綁在內帳的骨架上。
5.釘營釘。帳篷的每一個角加上門都要釘上營釘固定，大風大雨時帳篷才不會被吹走或是垮掉。釘的時候，釘子跟地面用60度的角度斜斜釘進泥土裡，留2～3公分的釘頭在外面。
6.拉營繩。讓帳篷更加穩固。

04 景點廁所花樣多

5月23日 天氣 小雨

昨天早上起來發現，天空的雲層很低，而且顏色很暗，感覺就是快要下雨了。本來計畫一早起來，就要去溜滑梯的，可是現在拔營比較重要了。

「不是要先去溜滑梯嗎？想了這麼多年，不趁現在玩一下，下一次遇見這種大人國溜滑梯，不知道會是什麼時候的事情了。趁還沒下雨，快點去溜一下啦！」

阿爆第一個出來放炮，阿喜和樂樂也催著我說：

「是啊，機會難得！」

「對啦，至少也要溜個一兩次。」

我還猶豫不決，小唉也加入戰場：

「不行啦，快要下雨了，不先拔營，帳篷就會淋溼。帳篷淋溼了，就得要留在這裡，等帳篷乾了才能拔營離開。可是，現在不去溜滑梯，等下雨就溜不成了。唉呀，怎麼辦啦？」

最後還是阿牛叔叔的意見最好，他說：

「不要猶豫趕快拔營，動作快一點，可能還有機會去溜滑梯喔！」

是的，大家說好今天拔營後先去鬱金香花園賞花，再到五鹿山公園的營地紮營。總不能因為我要溜滑梯，讓大家被關在這裡吧。唉，大人要懂事一點才行，還是乖乖開始拔營。

應該是這幾天來的訓練，我們手腳俐落，動作飛快，加上默契越來越好，分工合作把所有的東西收拾妥當打包上車後，雖然天色更暗，但是還——沒——下——雨！大家三步併作兩步向山坡上的高臺衝過去，拿了箱子裡的坐墊，開始享受大人國溜滑梯囉！其實，大人玩起來也是很瘋狂的，由上往下衝的速度感，嚇得我們哇哇大叫，卻又一而再、再而三的爬上去溜下來，爬上去溜下來，直到豆大的雨點把我們趕回車上。

本來的計畫是要開往鬱金香花園，聽說那個花園占地廣大，種

了各種顏色的鬱金香，排出各種圖案，再搭配風車和木鞋，很有荷蘭風味。只是雨越下越大，到戶外活動並不適合，於是改變計畫，打算直接到五鹿山去，鬱金香花園另外安排時間。這樣一來，多出來的時間就到超市買一些食材，好好的煮一頓晚餐加隔天早餐，因為這幾天都在便利商店和超市解決肚子餓的問題，就趁著老天爺下雨，祭一祭五臟廟吧！

來到超市，按照剛才分配個人負責的菜餚，開始採買。買齊了東西，還有一件重要事情得做，就是上廁所。在臺灣自己開車旅行，最方便上廁所的地方，就是加油站。在北海道我們最常去的廁所，除了各個景點和營地的廁所之外，就是超商和超市的廁所了。廁所跟臺灣的差不多，有蹲式的也有坐式的，有些坐式的還是免治馬桶，也就是溫水便座，會噴水洗屁屁的那種。特別的是，有個叫做「音姬」的設備。剛開始我不知道它是做什麼用的，後來上網查一查，才知道那是日本女廁特有的貼心設備。女士們上廁所時，怕聲音被聽見而覺得不好意思，按下音姬按鈕，它就會發出流水聲來掩蓋其他聲音。音姬表現不錯，但是還有個地方讓我十分困擾，就是上完廁所的沖水按鈕。

「奇怪，這沖水的按鈕在哪裡啊？」

首先一定是迷糊蛋在找按鈕，通常是阿爆沒好氣的回答她：

「前面那個用腳踩的呀！」

或是：

「上面那個用手按的嘛！」

有時候會是樂樂跟她說：

「欸，是那條綁魚的繩子喔，拉一下就好。」

或是：

「哇，是感應式的，跟那個手掌圖形揮揮手就可以了。」

還有的時候是喜兒說：

「哈哈，不用管他，站起來他就會沖水喔。」

不管誰說話，最後一定是小唉講話：

「要小心喔，不要按到緊急求救按鈕，不然就麻煩大了。」

每次上廁所後找按鈕，都要上演一齣推理劇，還好目前為止選擇的按鈕都正確，沒有鬧出笑話來。

傍晚來到五鹿山，細雨綿綿灑下，看來是沒有辦法搭營了。討論結果是，阿牛叔叔和我住小木屋，小真叔叔他們決定試試車宿，也就是把休旅車的後座放平，一樣使用睡帳篷時的寢具，就在車上睡一晚。等大家安頓好，趁著雨絲歇息，小真叔叔和琳琳阿姨主廚，我們吃了一頓香菇雞湯大餐後，準備泡湯去了。隔天早餐換我和阿牛叔叔負責囉。

今天早上起來，看到昨天放在保冰袋裡的雞湯，決定改變計畫，放棄吃過好幾次的吐司配番茄炒蛋和清炒高麗菜，決定改成雞湯烏龍麵。架好爐具，接上瓦斯，把雞湯煮滾，放進昨天買的烏龍麵和洗乾淨的高麗菜，再把片成薄片的雞胸肉，放進去微微滾一下，熱呼呼的早餐就完成囉！

喝下一口暖暖的雞湯，喜兒在我心裡說：

「計畫趕不上變化，只要有萬全的準備，就不怕計畫變變變！」

給小兔子的留言

喜　兒：露營煮飯只能用燒瓦斯罐的簡單型爐具，不像家裡的廚房那麼方便。不過這幾天還是吃到好幾道很棒的料理，我要把食譜和做法記錄下來。

1.香煎土司：超市或便利商店買的切片土司，一片一片在什麼都沒放的平底鍋上，用小小的火乾煎，要時時注意表面的變色程度，直到喜歡的焦色出現，趕快翻面煎到相同的焦色就可以起鍋。香煎吐司外酥內軟，不輸家裡烤麵包機烤出來的。

2.番茄炒蛋：這一道菜有乾溼兩種，做法有小小的不同。乾的是先把打散的蛋液下鍋，煎成小片小片的煎蛋起鍋；再把蒜頭切片爆香，再下洗乾淨切成塊的大紅番茄，稍微炒一下加點水，蓋上鍋蓋略煮，番茄熟了軟了加入剛才的煎蛋，炒一炒收汁就可以了。溼的就先炒番茄，加多一點水，滾了以後加入打散的蛋液，等它滾成蛋花就可以了。喜歡的話還可以加一點豆腐。啊，別忘了調味喔！

05 泡湯文化

5月24日 天氣 多雲

斜里町的這個營地，有三種住宿型態。大門口進來右前方，有一棟木造的兩層樓房，一樓是管理中心和交誼廳，二樓是一間一間的客房。樓房前面一片開著黃色蒲公英花的草地，劃出幾個停車位之外，還用木頭圈出一些搭帳篷的營位。樓房和草地之間有一條蜿蜒的小路向前，左邊是一片草莓園，插了一個小告示牌，上面寫著免費摘草莓；右邊有一個小小的湖，湖邊一排葉子掉光的樹，露出光禿禿的枝椏，倒映在平靜微光的湖面。繼續向前走，左側又用木頭圈出幾個帳篷營位，右側分布幾棟大小不同的木屋。走到小山丘的最高點，可以看到營區外面的農地，一大片一大片黑色的田土，在寒風中冒出薄薄的、白色的煙霧。

現在是北海道露營的淡季，整個園區只有我們兩頂帳篷搭在管理中心前面，靠近草莓園那邊的營位上。小真叔叔的新式帳篷旁邊，正是我們的老式藍色蒙古包，除了原本的外帳，它的正上方又加了一片橘色的小天幕。因為在日之出的第二天，我們發現這個十幾歲的老帳篷會漏一點水進來，檢查結果是帳篷頂的縫線膠布脫落，雨水從線孔滲進來，加上小天幕就把問題解決了。像是蓋著一條橘色被單，它現在看起來更溫暖了。

樓房裡的交誼廳，只提供給客房客人使用，搭帳篷的我們，另外有一棟結合廚房、餐廳、洗衣服、室內晒衣場和浴室廁所，很多功能的木頭平房可以使用。

「可是，剛才去登記的時候，我們發現樓房裡的交誼廳比較舒服啊！我們真的不能進去嗎？」

迷糊蛋可憐兮兮的說。阿爆也氣呼呼的想要抗議：

「這樣不公平啦，大家都是客人哪。」

小唉卻搖搖頭說：

「要看你是花多少錢的客人喔。剛才的價目表寫得很清楚，客房比營位貴很多的。」

「本來就是一分錢一分貨，付出多少就享受多少啊。我覺得我們的帳篷也不錯，睡在大自然的懷抱裡，感覺很棒！而且，木頭房子裡的設備很齊全啊。」

樂樂說完看看喜兒，喜兒點點頭：

「你們有沒有發現，木頭平房開門進去的右邊，有一間小小的湯屋？」

「有！想起了小時候的舅舅家了。」

腦海裡的小人兒，不約而同的叫出來。沒錯，想起了小時候的舅舅家呀！那時候，晚上會帶著換洗衣服，跟媽媽到街上舅舅家洗澡，因為舅舅家裡有一個檜木大澡盆。真的是一個很大的澡盆，大概可以三、四個小孩同時進去泡澡。傍晚時分，用材火燒一大盆熱水，全家人就用這一大盆熱水，先把身體洗乾淨，再進去澡盆泡得全身暖呼呼的，真是冬天的一大享受！

木頭房子裡的湯屋，跟舅舅家的浴室差不多大小，裡面的小池子跟小時候的大澡盆一樣大。不過裡面的熱水是流動的，源源

不斷的從水龍頭流出來。重點是，這熱水不是材火燒熱的水，它是道道地地的溫泉！

來日本的這一段時間，泡了各式各樣的溫泉，有在街道巷弄裡，外表就像一般住家的居家型式的，簡簡單單分成男湯、女湯；有設在風景優美地區，除了男湯女湯，還設有稱為大廣間的塌塌米休息室，有些有簡單的飲食部，提供熱食，有些則是設置泡麵販賣機，提供熱水給客人使用；更有豪華設備有如飯店，男湯女湯，室內室外，飲食部門是餐廳等級，提供特色餐點。只是，不管哪種型態，都是男生女生分開，一群人在大空間一起洗澡一起泡湯，還不能穿泳衣！說實在的，剛開始還真的不能適應哪！

「天哪！那麼多人光著身體在一起，好尷尬呀！」

這是小唉的想法，平常嘻嘻哈哈、快快樂樂的喜兒和樂樂，碰到這種風俗習慣，也是訥訥的說：

「嗄？真的要大家一起洗嗎？」

只有迷糊蛋傻傻的說：

「你不看人家，怎麼知道人家在看你？」

阿爆也嚷著：

「人家看你你就看他呀，看誰看贏！」

等到克服第一次跟大家一起泡湯的尷尬，後來才發現，大家各忙各的，真的沒有人看別人啊。不過有一件事情絕對要注意，就是個人衛生要做好，先把身體洗乾淨才能入池，長頭髮的人要把頭髮綁起來，還有浴巾不能帶進池子去，這些注意事項，有的店家會貼在更衣間，有的會特別發一張單子，也有的什麼都沒說，應該是認為大家都知道了。

今天這間小小的湯屋，門口擺了幾張木頭牌子，一張寫男生，一張寫女生，還有一張寫家庭，按照情況掛起來，不會有人來打擾。我寫完日記要去真正的放鬆泡湯，淡季的露營地，連小湯屋也可以獨享呵！泡得暖呼呼的，睡個好覺，明天要去知床半島，說不定可以看到熊喔！

06 小心熊出沒

5月25日 天氣 晴

早上出門前，到草莓園巡視一圈，希望能夠找到鮮紅的果實，嘗嘗現採的酸甜滋味。可惜的是，白色的花朵已經盛開，卻是一顆果實都沒有，別說是成熟的紅果實，就連剛剛長成的小綠果都沒有！看來還要一個禮拜才有得吃吧，那時我們早已經在別處搭營了。

不過沒有關係，這兩天還有值得期待的事情，我們要去東北角的知床半島，欣賞鄂霍次克海的風光。

「鄂霍次克海？是念書時念到的那個，在很遠很遠的北邊的鄂霍次克海嗎？」

迷糊蛋難得不迷糊，但卻不敢肯定。喜兒跟她說：

「沒錯，就是那個鄂霍次克海。要是幸運的話，說不定可以看到大翅鯨喔！」

「哎喲，現在還不是鯨魚來這裡的時候啦！」

小唉澆大家一盆冷水，樂樂卻說：

「沒關係，聽說知床八景很漂亮。」

車子沿著海邊的公路向前跑，左邊是遼闊的大海，右邊是起伏的山巒，這一路跟我們的北部濱海公路有些相像，路旁不時閃過奇形怪狀，擁有自己名字的石頭。來到一處停車場把車停好，穿過一間販賣紀念品的小店，看到店外的溫度計顯示氣溫是攝氏八度，還真冷啊！帶好帽子，圍好圍巾，我們從路口立著瀑布大名的石頭小路往上爬，很快就來到看瀑布的平臺。瀑布的面積不小，水量豐富，十分壯觀。阿牛叔叔說，靠海這麼近的地方，有這麼壯觀的瀑布，確實少見。

看了海景，接下來看湖景。著名的知床五湖，湖水來自知床山脈頂上的積雪融化，流進地下再湧出形成湖泊。只是想要近距離的接觸這些湖，還得看有沒有緣分。設備齊全，兼具飲食餐點、知識教育和紀念品販售的遊客中心裡面，有一張公告的表格，像月曆一樣記錄著有熊出沒的日子。是的，就是野地裡那種站起來比人還要高的熊，受到驚嚇時可能會攻擊人類的熊！當有熊出沒的日子，就會關閉步道，避免旅客和熊正面相遇。

「哇！我們運氣真好，今天步道開放，可以去看湖。」

難得小唉這麼開朗，阿爆卻說：

「可是，我還蠻希望看見熊的。」

「不要吧，安全最重要啊！」小唉說。

曾經來過一次的小真叔叔告訴大家，其實步道有兩條。地面上的那條可以周遊五湖，但是要小心熊出沒，所以要有導覽人員帶領才可以進去，而且有熊出沒就會關閉。架高起來的木棧道，是安全步道，熊不會過來，所以都會開放，但是只能到一湖。

「其實，一湖也非常漂亮，能夠欣賞一湖湖景，也算不虛此行啦！」

小真叔叔做了這個結論後，大家依序走上架高的木棧道，欣賞薄霧中的森林風光。步道兩旁是低

矮的箭竹，遠一點的地方是綠草坪，偶爾會有幾棵葉子掉光的樹，讓人替它擔心會不會太冷而感冒。然後，我們看見牠了！

「啊，那裡有一頭鹿！」

喜兒最先叫出聲來，迷糊蛋跟著喊：

「哪裡？哪裡有鹿？」

「湖邊那棵樹下，箭竹和草地交接的地方。看到沒？」

雖然是在兔子阿姨的腦海裡說話，樂樂還是壓低聲音，怕把鹿兒嚇跑了。不過這頭鹿一點都不怕人，張著兩個滴溜溜的大眼睛，跟站在高架木棧道的我們對看。

「好漂亮的鹿呀！」

大家靜靜欣賞這頭美麗的動物時，小唉發現沿著木棧道旁邊拉起的一條條金屬線。

「那是什麼？」

順著金屬線向前走，有一塊小立牌，英文寫的是「危險」，日文寫的是「電氣柵」，看起來是通了電的電線，防止野生動物接近這條木棧道而設置的。阿爆看不下去了：

「怎麼可以通電呢？動物們會被電到的呀！」

「電量應該不會很強，只是警告動物們不要接近吧。」

雖然喜兒這麼說，阿爆還是很生氣：

「這裡本來就是這些野生動的家呀！為什麼牠們不能接近？」

小唉搖搖頭：

「會不會是怕牠們被壞人傷害？這真是難以解決的問題。」

有時候，事情就是這麼矛盾。

當我們離開木棧道的時候，一群人在導覽人員的帶領下，穿過兩條步道間的柵門，從地面步道走上架高步道。我們發現地面步道旁邊沒有設置電氣柵，看來園方還是留了很大的空間給野生動物。

這天天氣不錯，正是登高山看夕陽的好時機。我們離開湖邊前往知床峠，那是一段高山上的公路，可以看到雄偉的羅臼岳。前方深色的大山上，有尚未融化的白色積雪；東邊的雲海白色中帶著微微靛藍，游走在群峰之間，山頭變成了小島；西邊的雲海是一片金橘，夕陽是一顆渾圓的雞蛋黃，慢慢、慢慢的沒入雲海中。雖然溫度很低，氣溫很冷，我們還是待到天色暗下來才離開。暮色沉沉，我們要趕快回到斜里的營地，泡一泡溫暖的湯，睡一個舒服的覺！

給小兔子的留言

阿　爆：我是很想看到熊啦，可是又有點害怕！聽說成年的大熊站起來比大人還高，一巴掌就可以把人打倒。還聽說北海道有不少熊，有時候為了找食物會跑到人類居住的地方來，人們為了保護自己的生命財產，會用槍把熊打死。我覺得那些餓肚子的熊好可憐啊！

喜　兒：聽到鄂霍次克海我超級高興的，因為我早就看過資料，鄂霍次克海是北半球大翅鯨迴游的起點。牠們冬天在這裡覓食，吃得飽飽的開始向南方游去，最遠可以到我們臺灣東南邊的蘭嶼島！只是大翅鯨因為人們大量捕獵而減少很多很多，現在臺灣附近的海裡已經很難看到牠們了。

小　唉：這次沒看到熊也沒看到大翅鯨，可能是牠們數量太少了，也可能是季節不對，不過主要的原因好像是人類造成的。唉，人類為什麼總是要抓牠們呢？

07 天空中的一片雲

5月27日 天氣 大雨

詩人徐志摩寫了一首情詩，名字叫做〈偶然〉。兔子阿姨很喜歡其中的幾句：

「我是天空中的一朵雲，偶爾投影在你的波心，……你有你的，我有我的方向；你記得也好，最好你忘掉，在這交會時互放的光亮！」

徐志摩先生寫的，或許是男生女生之間的愛情，感嘆兩個人偶然相遇，卻不能長相廝守。我卻想用他的詩句，送給在旅途中相遇的有情人。這裡的情，並不是男女之間的愛情，而是在地人和旅人之間的熱情。

我們來到尾岱沼海邊的營地時，雨下得正大。有些搭好帳篷的人，在他們的炊事帳、客廳帳中活動，帳篷把風雨隔在外面，裡面的人煮飯、喝茶、聊天都不是問題。可是，我們剛到的人就麻煩了，大雨中根本沒辦法搭營。所以我們住小木屋，小真叔叔他們車中泊，就是住在車上啦。這樣的情況，我們是沒辦法自己煮飯了，各自安頓好行李之後，開車出門找吃食去。

「雨下這麼大，路上都沒有人，賣吃的店都關門了吧？唉！我們今天要捱餓了。」

小唉看著窗外的大雨，打在停在港口排列整齊的船上，點點雨花彈跳起來，長長的嘆口氣。樂樂撇撇嘴說：

「拜託，你不知道有一種食物叫做泡麵嗎？前幾天才在超市買了好幾包，餓不到我們啦！」

「是啊，這裡的泡麵滿好吃的，不會輸給臺灣泡麵喔！」

喜兒舔舔嘴，好像眼前就有一碗香噴噴的泡麵。

「欸，那間房子上面寫著食事處，可能是間餐廳喔，我下去看看。」

阿牛叔叔下車探看。日本非觀光區的店鋪，有時候外觀看起來跟一般住家差不多，加上我們日文不通，一定要有人先下車確定一下。等阿牛叔叔收傘跟我們招手，又指指對街的小停車場，我們知道中餐有著落啦！

裡面有兩桌客人正在吃飯，看起來像是在地的居民，這裡真的不是為觀光客設的餐廳，菜單上全是日文，還好上面有不少漢字，加上比手畫腳一番，我們跟負責點餐的服務人員有了共識，我們要一個鮭魚套餐和一個釜飯。

「釜飯？釜飯是什麼？」

小唉又不放心了，硬是要問清楚釜飯裡面有什麼。負責點菜的歐巴桑把我帶到廚房口，主廚師傅指了米飯、筍子、胡蘿蔔和一種有著紫紅配白色斧足的貝類，然後豎起大拇指跟我保證「歐一細」！

餐點送上來果然好吃，鮭魚套餐主食除了鮭魚還有一隻大紅蝦，釜飯的貝類滿滿，飄送新鮮海味，兩份餐點都配有三樣小菜和一碗蛤蜊米醬湯。吃飽喝足之後，我們決定晚餐再來一次。好吃當然重要，更因為沒有別的地方去啦！

晚上來時，他們已經把我們當做熟客，問我們從哪裡來，要到哪裡去，特別贈送一人一杯咖啡之外，還給我們可以帶著走的禮物，每人兩包以店名設計包裝的面紙。禮輕情意重，讓我們非常感動。

第二天早上，雨勢不減，繼續待在這裡也不是辦法，我們決定出發前往野付半島。途中經過一所中學校，資料顯示裡面有一棵活的文化財，我們特別下車去拜訪它，希望能幸運的遇見它最美的時候。所謂的文化財，就是具有歷史價值和藝術價值的物產。這所中學裡的文化財，是一棵百年的老櫻花樹，我們期待可以看到它滿開的模樣。

它就站在門口進去的左前方，操場和大樓之間，雖然沒有很高，但是枝葉繁茂，樹冠的面積很大，應該比半間教室還要大一點，還有木頭欄杆圍繞一圈保護著。可惜的是花期已經過了，新生的嫩葉叢中，剩下零星幾朵粉紅的櫻花。走到它身邊，發現有幾個工作人員正在挖土施肥，為它做花期後的保養工作。我們在不防礙工作人員施工的情況下，繞著大樹走一圈，嘴裡不斷發出讚嘆的聲音。

一個戴著暗藍花布帽子的先生過來了，他先跟我們講日語，發

現我們是外國來的客人後，開始用英文單字，手寫漢字跟我們溝通。原來他是從東京來的櫻花博士，他告訴我們這棵老櫻花樹的品種是千島櫻，還拿出上星期拍這棵樹的照片給我們看，正是滿樹盛開的美景！博士先生熱情的從他的車上，拿出一本他自己的櫻花著作，跟我們介紹日本櫻花的種類和分布情形。我一邊聽課一邊觀察博士，他真是個熱愛櫻花的人，眼鏡框上有櫻花圖案，帽子上、衣服上和褲子上也都妝點著櫻花花樣，真不愧是櫻花博士呀！後來我們一起拍了一張大合照才離開。

我想起了徐志摩的偶然，我們這些旅人，彷彿是天空中的一片雲，投影在本地人的波心；或者說這些熱情的在地人，是天空中的一片雲，投影在我們的旅程當中，彼此交會互放光芒之後，各有各的方向，從此告別離去，可能再也不會相見，他們記得也好，忘記也罷，我可是會一直一直都記得的呀！嗯，還有一件值得期待的事，這一趟旅程當中，還有多少天空中的一片雲，會投影進來呢？

給小兔子的留言

樂　樂：下雨天的晚上真是冷到快變成冰柱了，幸好兔子阿姨穿了兩件毛衣、兩條長褲還穿毛襪、帶毛帽，最後鑽進兩個睡袋裡，總算有一絲絲溫暖的感覺了。雖然沒有下雪，但是尾岱沼這個晚上，冷得讓人印象深刻啊！

阿　爆：就是啊，冷成這樣，兔子阿姨的行李箱，竟然還有幾件夏天的短袖運動衫，真不知道她在想些什麼。

小　唉：這你就不懂了。我們在北海道待一個月，天氣會越來越暖和。過一陣子太陽出來的中午時間，氣溫會熱到像夏天一樣喔。

迷糊蛋：那出門怎麼辦？早上冷得要命，中午又熱昏頭，等太陽下山溫度又下降，好像一天裡就經過春夏秋冬四個季節一樣。

喜　兒：就要不厭其煩的配合溫度，脫衣服、穿衣服；脫衣服、穿衣服呀！有一種叫做洋蔥式的穿衣服方式，裡面穿短袖的，中間一件開釦的襯衫，外面套一件毛衣，最後加上羽絨外套保暖。穿穿脫脫萬無一失，不然感冒就麻煩了！

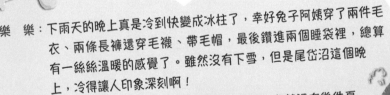

08 阿牛叔叔的禮物

5月28日 天氣 多雲

出門旅行，又是露營的方式，時間的掌控，不能完全依照自己的意思。就拿寫日記這件事情來說吧，在家裡總是在夜深人靜的時候，好整以暇的回想這一天發生的事情，心情的變化和接下來的計畫，然後慢條斯理的記錄下來。露營的時候，就沒辦法堅持在睡覺的前一刻寫日記。有時候是實在太累了，鑽進帳篷鋪好睡袋，就直接睡覺了；有時候是看到非常驚豔的人事物，讓心裡頭的小人兒爭著說話，一定要趕緊記錄下來。所以，我的背包裡總有筆記本和鉛筆，隨時隨地隨心情，都可以寫我的露營日記。

不過，今天難得沒有搭帳篷，也不是睡營區小木屋，我們暫時離開北海道的海邊和高山田野，來到釧路市，住在現代化的連鎖旅店裡面。把一堆衣服丟進洗衣機，等著脫水後放進烘衣機，我有一段空閒的時間，可以好好的寫一寫今天的日記。

今天的早餐由旅店提供，除了白飯、香菇炊飯之外，還有兩種不同口味的三角飯糰；生菜沙拉、小香腸、炒蛋和各色醃菜，配上海帶米醬湯，最特別的是牽絲的納豆，吃起來有一股特別的味道，有些人不喜歡，我卻非常愛。當然還有西式的麵包果醬柳橙汁，但我不太接受，沒有拿來吃。

有個在廚房備菜的歐巴桑，聽到我們交談用語後，親切的說聲：

「你好！」

讓我們高興得直說謝謝。然後她表示要跟我們學幾句我們說的話，我們就教她說：

「歡迎光臨！」

一下子要發出正確的音調並不容易，說著說著我們全都笑起來了。啊，感覺上又有天空中的一片雲投影在我們的旅程中了。吃過飯，阿牛叔叔上樓回房間去了。我一個人到對面的古書店看看，古書其實就是二手書，我想看看有沒有好看的繪本。在古書店買了小狗繪本和飛魚繪本，然後又在隔壁的紙藝店買了三本水彩畫紙。三本紙質不同，粗細不一樣的畫紙，都裁成明信片一樣的大小，給喜愛畫畫寫生的阿牛叔叔，做為結婚紀念日的禮物最好了。感謝他這麼多年的照顧與陪伴，以後更要彼此相伴相依啦！可是小唉跳出來了：

「阿牛叔叔會喜歡這個禮物嗎？這跟他現在用的紙不一樣啊！」

迷糊蛋迷迷糊糊的說：

「有不一樣嗎？都是白色的圖畫紙呀，可以畫圖就好啦，一不一樣沒關係吧？」

喜兒卻說：

「不一樣才好啊，讓阿牛叔叔試試看不同的紙，有不同的效果。」

「可是……」

小唉還要說話，阿爆生氣了：

「買個禮物還這麼囉嗦，東想西想的，很煩欸！叫阿牛叔叔自己來挑不就好了。」

「不行，不行，這是驚喜禮物，紀念日當天才要給阿牛叔叔的，怎麼可以叫他自己來挑？」

看了又看，翻了又翻，放回去又拿下來，最後喜兒和樂樂的意見被採用了，我請店員幫忙包裝禮物，放進背包裡，準備給阿牛叔

叔一個驚喜。

寫到這裡，我該下樓去把衣服放進烘衣機去了，早點烘乾可以早點睡覺，明天又要回到曠野裡去啦！

哈，我回來了。衣服正在烘衣機裡滾動，要等衣服乾了才能睡覺，我來記錄昨天跟櫻花博士分道揚鑣之後，我們去參觀的野付半島好了。前往野付半島的公路又直又長，靠海的這邊有漁民在綠草地上晾晒色彩鮮亮的魚網浮球，看起來像是復活節的大彩蛋，帶著一股愉快的氛圍；另外一邊是大片的溼地，淺淺的水流經黃土沙地，遠方有成排的枯樹，白紗一樣的煙霧，在溼地上飄移，有一股外星球的神祕感。我們不時停下來看景拍照，阿牛叔叔拍到了遠方的狐狸，和更遠方一隻白色的大鳥。

「丹頂鶴！是丹頂鶴！」

樂樂高興得大叫出來。小唉搖搖頭：

「哪那麼簡單就能看見丹頂鶴，應該不是啦！」

實在是太遠了，無法確定是不是傳說中的丹頂鶴，還是先到自然中心再說吧。自然中心一樓有個餐廳，我們點了有兩隻大蟹腳的大魚麵，和別海町出產的牛肉做成漢堡排特餐，大快朵頤一番後，到二樓參觀。這裡介紹了北海道的動植物，有圖片、標本、紙雕資料非常豐富，還有一本參觀心得，全是小朋友可愛的字跡，雖然看不懂寫些什麼，但我翻著翻著還是笑了出來，因為有可愛的插圖呀！

走出自然中心，捨棄方便的載客觀光小車，我們徒步穿過草原，前往一公里外的椴原。聽說現在正是草原上黑百合開花的季節，我們想去找一找芳蹤。

皇天不負苦心人，在大太陽下穿過草原，雖然是北海道，也仍需要費些體力，但是看到大大葉片中，撐起小小朵兒近黑色花瓣，圍著點點亮黃花蕊的黑百合本尊，還是讓人非常興奮！

來到「椴原」，又是另一種風情。在北海道生長的庫頁冷杉，

被海水侵蝕枯萎卻屹立不倒，堅持站在海中。我走上伸入海裡的木橋，看著陽光下站在冷冷海水中的枯樹，心裡的小人兒們，竟然都說不出話來。

啊！我該去收衣服了。

09 遇見丹頂鶴

5月29日 天氣 多雲

露營營地的計費方式有很多種，有些只算營位，一個基本營帳多少錢，外加客廳帳多少錢，外加炊事帳又多少錢；有些只算人頭，一個人多少錢，外加一臺車多少錢；還有一些全都要收錢，營位收錢，人頭也收錢！收了錢，管理中心會給我們一張門牌號碼，有時候是一面旗幟，可以插在營位角落；有時候是一張打洞的紙，帶著一條細鐵絲，可以綁在營繩上；有時候是一塊木牌穿著粗繩，可以掛在帳篷口。有了門牌，就表示我們可以合法居住囉。

不過，今天在鶴居村茂雪里川旁邊的營地，竟然是免費的！可別以為免費的水準會比較差喔，大片的綠草皮上，錯落的長出枝葉繁茂的大樹，加蓋的水洗棟裡，大水槽水龍頭乾淨方便；營地旁邊的廁所男左女右，各有好幾間，十分乾淨整潔。我們選了一塊大草皮，兩頂帳篷面對河水肩並肩搭起來。為了預防下雨漏水，我們家的藍色蒙古包，還是加了一層橘色的小天幕。只是搭帳篷時，固定帳篷的六個角其中一個，竟然禁不住拉扯，破了一個洞！阿牛叔叔只好把充當晒衣繩的鐵絲剪一段下來，把角落綁緊，再用又大又重的行李箱壓住，還是一個安全舒適的帳篷。

「哇！阿牛叔叔真厲害，兩三下就把問題解決了。」

喜兒笑嘻嘻的誇獎阿牛叔叔。剛剛放心下來的小唉，又發現了一件奇怪的事情：

「你們看，正後方那個帳篷好奇怪！還有，左後方那個也是，怎麼會這樣呢？」

迷糊蛋看了又看，還是看不出所以然來，她說：

「就帳篷呀，哪裡奇怪了？」

那兩個四四方方尖頂的大帳篷，在後面靠近樹叢的地方，帳門緊閉，四周都用大石頭壓住，看起來像是很久沒有人出入的樣子。小真叔叔跟我們說：

「帳篷的主人應該是出門去很久了。因為這裡的營位不用錢，有些人帳篷搭在這裡，人卻在別的地方，過一陣子才回來。」

「難道他們不擔心帳篷被破壞嗎？」

「所以周圍都用石頭壓起來呀，他們應該把重要的東西都帶走了啦！」

「是喔，要是我就沒辦法這麼放心。」

小唉還是搖搖頭。不過，我們也是這樣，帳篷搭好，鍋碗瓢盆和寢具換洗衣物，收在帳篷裡，重要的東西放在隨身背包裡，出發找丹頂鶴去了。樂樂安慰小唉說：

「不用擔心啦，這麼多天了，大家都沒有掉東西啊！」

我們最先去的地方叫做鶴見臺，聽說那裡冬天可以看到很多丹頂鶴。現在這個時節，櫻花都已經謝了，冬天的腳步已經走遠，但是就在前幾天，我們還曾在路邊看到沒有融化的積雪，就去碰碰運氣好了。

有人說丹頂鶴是日本國鳥，可是也有人說日本國鳥不是丹頂鶴，而是曾在童話桃太郎中出現的綠雉，更有人說到處都看得見的烏鴉才是日本國鳥，不管如何，我想這些鳥都不會在意自己是不是國鳥吧？他們最在意的應該是寒冷的冬天，有沒有足夠的食物可以吃吧？聽說其他地方的丹頂鶴都是候鳥，本來在北海道丹頂鶴也是夏天出現的候鳥，後來人們開始在冬天餵養牠們，丹頂鶴就留下來不再遷徙，變成留鳥了。可惜不管是候鳥還是留鳥，今天的鶴見臺一隻丹頂鶴都沒有！只有冬天才會餵鳥的小屋，門窗緊閉的站在那裡。只好由去年來過的小真叔叔和琳琳阿姨，分享徒步在冰天雪地中，欣賞鶴群的經驗，然後帶著小小的遺憾離開。

「你們看！那是什麼？」

號稱視力2.0的阿牛叔叔，突然在車子轉彎時，指著窗外田野盡頭，接近山腳的一片黃土地，出聲大叫。

「丹頂鶴！那是丹頂鶴！」

小真叔叔把車停下來，讓我們遠遠的看牠們。兩隻大鳥白身體黑尾巴，細長彎鉤的脖子，就是看不清楚頭頂有沒有一塊鮮紅色。

我們試著把車開到靠近牠們的地方，卻是只能遠遠的看牠們優雅的走步吃食。偶爾兩兩張翅飛行，卻沒飛遠又降落，逗著我們開車又靠近過去，這次雖然還是沒能靠近，卻也清楚的看到鮮紅的頭頂，我們真的遇見丹頂鶴啦！

回到營地還有一件值得高興的事情，就如樂樂出門時候說的，大

家都沒有掉東西呀，我們的所有家當都乖乖的在帳篷裡等我們泡了湯、吃過飯回來，並沒有因為是免費的營地，沒有管理中心而發生不好的事情。

嗯，真要說有什麼不太能適應的話，就是前一陣子的營地人很少，除了我們兩頂帳篷外，頂多加個一兩頂，分布在大大的營地裡，大家互不干擾。這裡就比較熱鬧，右前方那群開小巴士來的年輕人，不時傳來喧鬧的聲音，空氣中彷彿還有一些酒的味道。

「睡覺時還是要警醒些喔！」

小唉的提醒還是有些道理的啊！

10 三個感人的狐狸故事

5月30日 天氣 多雲時晴

昨晚帶著緊張的情緒睡著，早上在布穀鳥的叫聲中醒來，爬出帳篷發現阿牛叔叔在水洗棟旁邊，面向那個開著黃花的水池寫生；小真叔叔從臺灣帶來的釣竿終於派上用場，正在溪邊垂釣；琳琳阿姨沿著小溪散步。本來停在右前方的小巴士開走了，帳篷也拆得乾乾淨淨，環境已經恢復原狀。看來是我多心了，年輕人只是露營高興放鬆而喧譁，並沒有喝酒鬧事啊！

今天我們在鶴居村閒逛，參觀了一間鄉土文物館，但是我印象深刻的卻是旁邊的圖書館。這個圖書館是個開放空間，站在大門口就可以看到裡面的書櫃和閱讀區，面向門口的大桌上，布置了一個野菜主題的專區。可是門口拉起了紅線，中間的立牌寫著閉館兩個字，今天沒有開放呢！帶著小小失望往外走，看到靠牆的長桌上，立著一些書盒，盒裡整齊的排列著書本，桌面上貼著一張紙，上面寫：「現在使用小學校教科書」，旁邊還有意見調查表。哇！是課本哪，我來看看日本小朋友的課本是什麼樣子好了。接下來我要記錄出現在課本中，三個跟狐狸有關的故事，完完整整出現在課本裡的故事。

四年級下學期出現的是，新美南吉寫的《小狐狸阿權》。調皮的小狐狸阿權，經常跟人類搗蛋，做一些讓人恨得牙癢癢的事情。一個叫做兵十的年輕人，在河裡捕魚的時候，阿權來了。牠趁兵十離開裝魚的魚簍，把一條大鰻魚抓出來，再把剩下的魚丟回河裡，卻被兵十看見了，於是趕緊帶著纏在脖子上的鰻魚逃走。後來阿權發現跟兵十相依為命的媽媽死了，很後悔自己讓兵十的媽媽死前沒能吃到鰻魚，又覺得兵十現在跟自己一樣，是個沒有父母的孤兒很可憐，就開始想辦法幫助兵十。牠把從魚販那裡偷來的沙丁魚，丟進兵十的院子給他，害兵十被當做小偷，捱了魚販一陣毆打。阿權更後悔了，牠改送兵十自己摘來的栗子和蘑菇，兵十卻以為是神明送給他的。這一天阿權又來送栗子，卻被正在搓草繩的兵十發現，

他拿起火槍，裝了火藥，對準這隻上次偷鰻魚的狐狸就是一槍！阿權倒下以後，兵十才看到栗子，大吃一驚的問：

「一直給我送栗子的是你嗎？」

阿權閉著眼睛，無力的點點頭。兵十手上的火槍哐噹一聲掉在地上，那槍口還冒著縷縷輕煙。

這篇故事配上插圖，整整十八頁，好長的課文哪！那隻黃毛小狐狸，和最後一句「那槍口還冒著縷縷輕煙」，讓我心裡的小人兒靜得說不出話來，連迷糊蛋都低頭猛擦眼淚。

五年級下學期的狐狸故事是，宮澤賢治寫的《渡過雪原》。四郎和寒子兩兄妹，穿過冰凍的雪原，遇見了小狐狸紺三郎。紺三郎請兩兄妹吃玉米糰子，兄妹不敢吃，寒子還說狐狸的玉米糰子是兔子便便做的。紺三郎保證玉米是自己耕地、播種、除草、收割、製粉、揉粉、蒸煮，再撒上砂糖做成的，並且強調狐狸不會騙人。狐狸不會騙人？對於四郎的疑問，紺三郎解釋，會被狐狸騙的人，不是醉鬼就是膽小鬼，還舉了一些實例證明。因為兩兄妹吃了年糕，已經吃不下玉米糰子了，決定接受狐狸的邀請，待去參加狐狸學校的幻燈晚會的時候，再吃他的玉米糰子。雖然四郎想要五張入場券，但是紺三郎表示超過十一歲就不能參加晚會，只能邀請四郎和寒子。陰曆十五晚上，當滿月爬上冰峰，四郎和寒子帶著年糕當禮物，去參加了狐狸學校的幻燈晚會。能幹的紺三郎穿著禮服當主持人，放了「不能喝酒」、「小心圈套」和「小心火焰」三部幻燈片。四郎和寒子還吃了狐狸女孩端來的玉米糰子，讓狐狸們非常感動，決心長大後絕不說謊騙人，也不捉弄人，以實際行動改變人們對狐狸的誤解。四郎和寒子度過一個愉快的夜晚回家了，雪原的那一頭有三個小點出現，那是三個哥哥來接他們了。

這篇課文加插圖有二十四頁之多，最大的特色是有很多歌唱的方式來說故事。阿爆看了氣呼呼的說：

「狐狸真可憐！為什麼人類總認為牠們會騙人？有些人類更會說謊話呢！」

迷糊蛋老是抓不住重點，她說：

「為什麼十一歲後就不能參加狐狸的晚會？我好想去參加喔。」

至於六年級下學期的狐狸故事，是安房直子的《狐狸的窗戶》。這篇說獵人遇見開染坊的小狐狸，幫他把兩手的拇指和食指染成藍色，四隻手指組成一個小視窗，可以看到小時候的住家和聽見已過世妹妹聲音的故事，是我很喜歡的作品。第一次讀到這個故事，就好喜歡那隻開染坊的小狐狸，好心疼他想見那被獵人射殺的媽媽的心情。在課本裡看到這個占了十八頁的故事，心裡不禁想起臺灣小學的課本，難得有這麼長篇幅的作品。我不想比較兩邊的優缺點，我只想說，我很喜歡這三個狐狸的故事！

11 日本媽媽巧手作

5月31日 天氣 晴

今天我們要吃大餐啦！北海道以海產聞名，我們來這麼多天了，除了超市裡傍晚時分的打折時段，我們搶購的生魚片、章魚腳和一隻熟螃蟹之外，還沒吃過什麼印象深刻的海產呢！聽說幣舞橋附近，靠近海港的旁邊，有一家廚師就在座位爐邊烤食物給客人吃的餐廳，我們就是要去那裡打牙祭啦！

我們太興奮了，竟然晚上營業時間還沒到，就來到店門口。老闆讓我們把車停到停車場去，先在附近走走看看，時間到了再回到餐廳來。所以大家往幣舞橋的方向走去，想看看橋上那象徵春夏秋冬的四座女性雕像。還沒上橋，我發現路邊有一棟磚紅色的兩層樓房，前方還有一座年輕男子的雕像。仔細推敲了外面的告示牌，我知道這裡一樓可以喫茶，二樓呢？竟然是有日本國民詩人之稱的石川啄木的資料展示館。跟阿牛叔叔打個招呼，我先去看石川啄木的資料展，再到幣舞橋跟大家會合。

「石川啄木是誰啊？」迷糊蛋問大家。

喜兒喜孜孜的告訴她：

「他是日本明治時代出名的詩人，小時候成績優異，村裡的人都稱他為神童。他寫的和歌被選入課本當教材的次數，有幾百次呢！

沒想到這裡竟然有他的紀念館，真是踏破鐵鞋無覓處，得來全不費工夫呀！趕快進去看看。」

「不過，他好像也只有小學那段時間比較快樂，長大後的日子，因為家裡沒錢，日子過得滿辛苦的。這可以從他的作品內容看出來。還有，他二十六歲就生病去世了。」

小唉的補充有點沉重。迷糊蛋再問：

「他是這裡人嗎？」

「不是喔。只是他曾經在釧路這裡當過記者。好了，趕快進去看看，等等還要去幣舞橋拜訪春夏秋冬啊。」樂樂說。

推開舊式的木頭玻璃門，一樓的喫茶處沒有客人，牆壁上老式

鐘擺時鐘指針指著五點整，時鐘下面有一串花布做的魚兒吊飾和布柿子。櫃臺後面的工作人員抬頭看見我，露出一個溫暖的笑容。我指一指樓上，她做了一個請的手勢。樓上的資料由釧路新聞社提供，有石川啄木的年表，著作的初版書，有他的親朋好友的照片，有當時餐廳使用的火盆和陶器，還有他的墓碑碑文拓本！我印象深刻的是角落桌上的啄木繪本，應該是後人為他的詩作配圖寫成的手製書吧，還有一張超過百年的木頭椅子，不知道石川啄木先生在這裡當記者的時候，有沒有坐過這張椅子呢？站在二樓，透過窗戶格子看出去的港灣景色，他應該是很熟悉的吧？那時候的他，在想些什麼呢？

下樓來，阿牛叔叔他們已經從幣舞橋回來了，也到了餐廳開門的時間，就直接去吃飯囉。

真是非常豐盛的晚餐，有生烤大花枝和大扇貝，還有帶卵的柳葉魚，哎呀呀，這生吃的竟然是海螺的肉還是肝？爽脆的醃菜去油膩，包了海苔的烤飯糰，配上鮮烤比目魚，最後一個綿密的奶油烤馬鈴薯，這一頓飯吃得大家都說過癮。不過，這間餐廳裡最讓我嘖嘖稱奇的，並不是活跳跳的海鮮，變成我們香噴噴的餐點，而是門口進來時，左側冰櫃裡的「見本」。見本就是樣本的意思，一般海產店會把新鮮的魚、蝦、蟹和貝類養在透明大箱子裡面，或是排列整齊冰在冰櫃裡，讓客人挑選新鮮的食材。可是這家餐廳的冰櫃卻沒有插電，難道他們不怕海產壞掉嗎？特別注意看了又看，原來裡面的見本是布做的！

特別請服務的小姐推開冰櫃拉門，讓我欣賞一下精美的作品。這些布魚的大小跟真正的魚一樣，放在白底藍花的大盤子裡，難怪第一眼看時以為是真的。下層右邊那盤，是兩條維妙維肖的水針魚，細長的身子大約三十公分左右，三角型的頭部還裝著一隻細針；左邊那盤是兩條比目魚，菱形的身體加上短尾巴，兩個眼睛在身體同一面；上層掛了兩排柳葉魚，一排八條約十五公分的小魚，頭上尾下的吊在竹枝上；還有一隻不知名的，像大人一隻手臂那麼長的大魚，也躺在上層的大盤子裡。令我佩服的是這位做魚的日本媽媽，選布配色的眼光，和針線活的手藝都非常細膩工整，像我這樣有拼布經驗的人，更知道她的厲害之處！

這些魚，讓我想起剛才在石川啄木紀念館裡，那一串小魚吊飾，還有前幾天在尾岱沼露營地，管理中心登記櫃臺上的那兩隻可愛的布兔子。這些手藝靈巧的日本媽媽們，用心妝點生活上的小角落，自己有了展現的機會，也讓旅人分享美麗的心情啊！

12 幸福是什麼？

6月1日 天氣 雨

幸福是什麼？

喜兒說：「幸福是跟喜歡的人，一起吃喜歡的東西，一起做喜歡的事情。」

樂樂說：「幸福就是快快樂樂的生活。」

小唉說：「根本就沒有幸福這種東西。」

阿爆說：「小唉妳不要胡說八道！」

迷糊蛋說：「幸福啊，幸福就是……，我也不知道哇！」

其實，幸福是一個火車站的名字，它就在愛國站的下一站。我們來到帶廣市的幸福駅，雖然它因為日本國鐵廣尾線停駛而廢站了，但是來這裡尋找幸福的人還是很多。一般人到幸福駅之前，會先到號稱愛之國度的愛國駅，然後才帶著滿滿的愛找到幸福來。我們是直接開車開到幸福駅停車場，下車就看見停靠在木棧月臺邊的kiha22型橘色車箱，在藍天下的一排高大綠樹襯托之中，顯得精神抖擻，一點都沒有退休的老態龍鍾的感覺。快步穿過花團錦簇的人工精緻花園，我要在沒有人的月臺上，老火車的身邊，扮演搭火車浪跡天涯的旅人，拍幾張有滄桑感的照片。哈，旅人扮演旅人，還真是件好玩的事情哪！

拍了照片，轉頭看見火車站，還真的是大吃一驚！聽說這裡剛開始只是個無人看守的小車站，現在竟然有這麼多人來這裡尋找幸福。木頭建築的車站身體上，沒錯，就是車站身體上，貼滿了一張張粉紅色的小紙片。上前仔細一看，原來是一張張車票，從愛國駅到幸福駅的車票，人們從愛的國度來尋找幸福，把他們的期待，都貼在車站的建築體上面了。數也數不清的粉紅色車票，幾乎要把暗色的木頭車站蓋滿，大家對幸福的渴求，是多麼的殷切呀！我想起了臺灣也有類似的火車票，像是永保安康和追分成功，都是人們衷心的盼望。

我們沒有購買車票貼上去。其實，前兩三年幸福駅才經過一次

幸福駅

大整修，整修前的舊建築也是這樣貼滿了車票，不知道貼車票跟整修這件事情，有沒有關聯。我們倒是去敲響了拱門下的幸福之鐘，響亮的鐘聲好像告訴大家，我們很幸福喔！不過，幸福是什麼？就讓我這迷糊蛋，再好好的想一想吧。

接著我們去參觀一家出名甜點公司的關係企業，一座迷人的森林。綠油油的大草坪上，有盛開著蘋果花的老樹，坐在純白的椅子上，看著同行的友人，穿著鮮紅、亮黃和靛藍的衣服四處拍照，也是一種幸福啊。還有樹林裡淺淺的小溪，蜿蜒流過一棟一棟的木屋，屋外是隨興開放的各色草花，屋裡是各個名家的作品展覽，水彩、油畫和攝影，在優美的大自然環境中，欣賞精采的藝術作品，更是一種幸福。林中最大的一棟建築，是餐廳兼甜點賣場，提供搭配套餐的甜點，正是他們家出名的產品。眼看大家享受甜美的泡芙、蛋糕和夾心餅乾，我因為控制血糖無福消受，這就是不幸福嗎？其實，酸酸的優格也不錯啊！

離開出名的甜點森林，我們要前往日高。本來在林間的毛毛雨，竟然越下越大，越下越大，大到車上導航帶我們走的路都斷了，繞過來繞過去，就是在附近繞圈，無法前進。後來刪除導航上設定的免費條件，終於有了一條出路，只是是一條需要付費的高速公路！在閘道口拿了記費卡，我們一路開向日高，半途遇上大雨和濃霧，還好要下閘道前霧散了雨也小了，計算費用我們要繳一千一百四十一圓的日幣，繼續往前來到收費口，正忙著掏錢，卻被告知因為其他的路斷了，今天走高速公路不用繳錢。哇，真是太幸福了！

幸福是什麼？常常有人跟我說，出門旅行好幸福。是的，去看美麗的自然景觀，去感受不同的人文特色，真的很幸福。不過，在家附近的公園走走，聽聽鴿子咕咕唱歌；在自己的廚房，方便順手做出美味餐點；在自己的浴室，享受一個人的泡澡時光；在書桌前翻看自己喜愛的書本，這也都是幸福啊！

當其他人享受美味的甜點，我一樣能夠淺嘗酸酸的優格時；當面對前路崩斷，被迫改道，準備付出的金錢，卻被體貼的通知免費時，心裡一樣滿滿幸福的感覺。對了，就是感覺，幸福就是感覺，一種愛的感覺啊！

13 阿伊努大驚喜

6月2日 天氣 晴

昨天傍晚匆匆來到日高町沙流川的露營地時，一眼就看到大門口旁邊的停車篷。心裡頭的小劇場馬上就上演了一齣悲喜劇。首先上場的是樂樂，她高興得哇哇大叫：

「協力車，是協力車！啊，還有大屁股扭扭車。快點，我們去騎車！」

「下雨了啦，下雨怎麼騎車？」

小唉指著地板上越來越多的雨點痕跡，給樂樂澆了一大盆冷水。

樂樂卻不肯放棄：

「才剛開始下，雨沒有很大啊，我們動作快點，可以騎一下子啦。」

迷糊蛋偏偏這時候來湊熱鬧：

「我知道協力車，就是兩個人共騎一臺腳踏車，後面的人雖然沒有車頭把手可以抓，不過有踏板可以踩。可是樂樂，什麼是大屁股扭扭車啊？」

「就是協力車旁邊那個三輪車呀！上面那個座位，大人的屁股也坐得下。樂樂這大屁股扭扭車名字取得真好。」

喜兒說完還跟樂樂互相擊掌一下。只是雨越下越大，而且阿爆發現一個關鍵問題：

「你們沒有看見那條鐵鍊嗎？車子牽不出來怎麼騎？」

原來是時間太晚了，這些車子的借用時間已經過啦。於是小劇場結束，跟著大家一起到管理中心，辦理入住小木屋。

今天早上起來，藍天白雲陽光大好，我發現這個營地相當漂亮！大片草地上，有高聳的綠樹，加上盛開的橘色杜鵑花叢點綴，蜿蜒的小路繞來繞去、上坡下坡，騎腳踏車最棒了。更棒的是，現在是露營淡季，工作人員放下鐵鍊牽出車子讓我們挑選，而且因為後面無人等候，所以不受時間限制，可以放心騎個過癮。這下不管是喜兒、樂樂還是小唉、阿爆和迷糊蛋，全都異口同聲的說：

「讚啦！」

在營地裡繞了兩大圈，一次跟阿牛叔叔一起騎協力車，一次自己騎大屁股扭扭車，直到盡興才把車子騎回門口的車篷。謝過工作人員，我們要往下一個駐紮點移動。聽領隊小真叔叔說，今天要跑很遠呢！

只是沒跑多遠，我們就被路旁的房子們吸引，雖然已經過頭了，還是找路迴轉，停車一探究竟。這些房子並不是印象中那種木頭搭建的日本式老房子，而是用茅草稻稈建築而成的。一排排的草稈層層堆疊成斜斜的屋頂，蓋在四四方方的主體上面，大門旁邊還有方方正正的窗戶。大部分的房子都規規矩矩的站在地上，有一間比較小的被架高起來，想上去得爬上像獨木橋立起來一樣的梯子，還有一間更小的草房子，尖尖的屋頂，矮矮的小門，想進去得用鑽的才行。

剛開始，大家只是好奇，覺得這些房子真特別，後來發現有幾間比較大間的房子前面，貼著海報一樣的告示牌。上面寫著「傳統工藝實演中」，還有「見學無料」幾個字。無料就是免費的意思，什麼東西免費呢？就是進去學習傳統工藝免費啦。眼前這間是木雕展示室，可惜大門深鎖，掛著一個休憩中的小木牌。看看手錶，原來已經中午十二點了。

「好可惜呀，時間沒算好，入寶山空手而回！而且還是無料，免費的呢。」

小唉嘆口氣說。樂樂卻說：

「也不算空手而回啦，至少我們參觀了這些美麗又特殊的房子了。」

「可是我們不知道這是誰的房子呀！」

阿爆說完還搖搖頭。喜兒卻看見了隔壁那間展示室窗戶裡的東西。她說：

「好漂亮的衣服啊！我們過去看看好嗎？」

「可是現在是休息時間啊。」小唉說。

「我在窗戶外面看一下就好。」

我快步走去旁邊的展示室，看見海報上寫的是「織物、縫物」，難怪裡面有件漂亮的衣服。那是一件米色鑲藍邊的開襟袍子，特別的是藍邊上有圓滑流暢的白線條，畫出美麗的圖樣。看著看著，窗戶突然出現一張笑臉，還招

手請我們進去！我指指休憩中的牌子，她搖搖手表示沒關係，還出來為我們開了門。

原來這裡是北海道原住民阿伊努族的文化博物館，除了重現阿伊努族傳統建築外，同時展示他們的食衣住行生活文化樣貌和藝術創作。這件漂亮的衣服，就是眼前這位女士親手為她的先生做的。從採取植物纖維到織布、剪裁和縫製，針針線線飽含豐富的感情哪！更讓人驚喜的是，她似乎看見我眼裡的羨慕，竟然問我要不要試穿看看。於是我穿上阿伊努族男士的傳統服裝，跟製作這件衣服的女士合照一張，真是高興極了。不過，按下快門那一剎那，女士的手機響了，似乎是先生催她回去吃午飯了。我們再次感謝她的分享，並且趕緊穿上鞋子告辭啦！

今天真是快樂的一天，闔上日記本前，阿牛叔叔跟我說聲：

「生日快樂！」

我才驚覺今天是我的生日呢，感謝老天爺爺給我晴朗的好天氣，在綠草花叢之間騎車穿梭之後，還有個計畫之外的阿伊努大驚喜！

給小兔子的留言

喜　兒：阿伊努族是北海道原住民，也有人翻譯為愛奴族。阿伊努的傳統文化跟日本大和民族文化很不一樣，他們擁有自己的語言，不過沒有文字，有不少口耳相傳的故事和傳統歌謠留下來。建築房子的材料以草稈、竹子和樹皮為主，房子大都蓋在河川附近。食物則以捕獵河裡的鮭魚為主食，會製作鮭魚乾，在淡季食用，婦女為了彌補漁獵不足，會從事農耕工作。通常用鳥類的羽毛、獸皮和魚皮來製作服飾，不過最特別的還是用樹木纖維編織而成，加上刺繡出特有花紋的衣服。阿伊努族崇拜自然界各種現象，認為日、月、風、火、動植物等都是神的化身，常透過祭祀和舞蹈感謝神明；不過他們也認為神會犯錯，人們可用巫術驅除帶來疾病和災難的惡神。

14 孵蛋的天鵝

6月4日 天氣 晴時多雲

洞爺湖跟我們的日月潭一樣，湖中有一個島，不過洞爺湖比我們的日月潭大，它的面積大概是日月潭的十倍。第一天傍晚來到洞爺湖小公園的營地時，雨點兒剛剛開始灑下來，我們搶時間先把帳篷搭在離廁所和水洗棟不遠的湖邊，再加上小天幕，根據前幾天的經驗，這樣可以保證不漏水，這幾天就可以擁有一個溫暖的窩。想想這十幾年的老帳篷，雖然破了一個角，還是把我們照顧得舒舒服服的，真要好好感謝它呀！

剛在帳篷裡把行李安頓好，雨點變成了雨滴，啪搭啪搭的打在小天幕上。我們鑽出帳篷，撐傘走過草地要去停車場時，發現剛才湖中那座島的模糊暗影，已經完全看不見了。

車子沿著湖邊公路開一小段，右轉往山上開去，我們要到山腰的洞爺之家去泡湯。冷冷的夜，黑黑的路，來到屋裡卻是熱鬧滾滾。一群高中生有男有女，在大廳玄關一邊脫鞋，一邊小聲的交談，不時發出快樂的笑聲。他們讓我想起了學生時代的畢業旅行，也是這樣非常興奮好奇，又帶著一點害羞膽怯。其實，雖然離高中生的年紀很遠了，但這次來北海道露營，也是在這樣的興奮好奇中，帶著害羞膽怯的心情啊。

先讓大隊人馬的學生們進入泡湯池，我們在充當休息室的大廣間坐下來。鋪了塌塌米的地板上，擺放了十幾張矮桌，靠牆還堆了一些軟坐墊，這大廣間還滿舒服的。這裡還提供冷熱飲用水，免費置物櫃，還有一個小小野菜攤，一些瓜類和青菜，自己裝袋自己把錢放進桶子裡。

熟悉環境後，我們選了一張矮桌坐下來。阿牛叔叔要先去泡湯，我肚子餓了，先去裝一杯熱水，準備泡春雨填肚子。其實，春雨就是冬粉啦，煮熟後透明的冬粉湯，還真像是一碗詩意的春雨呢。

第二天一早，太陽公公把我們叫醒，面對著大湖吃早餐的時候，中島上的綠樹清晰可見，還有一隻天鵝飛過來，停在湖面上隨著湖水上上下下。吃過飯，沿著湖邊散步，穿過盛開的杜鵑花叢，走過櫻花和綠葉夾雜的樹下，鑽進一串串紫藤花白藤花垂掛的花架，再向前走過小橋，路過一處停車場，旁邊一個圍著欄杆的小駁崁下，我看見了她！

老櫻花樹遮蓋的長草地上，一隻天鵝端坐在乾草和竹葉堆成的橢圓大巢上，兩隻雪白的大翅膀收縮在身體兩側，加上也是雪白的尾羽，好像穿著一件白紗蓬蓬裙，細長的脖子彎成優雅的S形狀，黑眼睛黃嘴喙，她真是一隻美麗的天鵝！

「好漂亮的天鵝！不曉得牠在做什麼，好像一點都不怕人。」

我問阿牛叔叔。阿牛叔叔指著二十公尺前的告示牌說：

「好像是在孵蛋喔。」

告示牌寫著「白鳥注意，不要靠太近，不要餵食」，旁邊還畫了一隻大鳥和幾顆蛋。他們說的白鳥就是天鵝，看來大家都很愛護天鵝呢，我們也是遠遠的觀察天鵝媽媽，不敢靠得太近，心裡默默期待，要是能親眼看見小天鵝破殼而出，那該有多好呀！

我們在附近的景點，優閒的逛一逛，散散步。去了湖邊的佛寺，上了觀景臺看高山，看整個湖的全景，還去農場看動物，吃了南瓜口味的冰淇淋。傍晚時分，我們又來洞爺之家泡溫泉。因為小公園的營地沒有洗澡設備，而且泡湯費又不貴，冷冷的天，泡湯最舒服了。

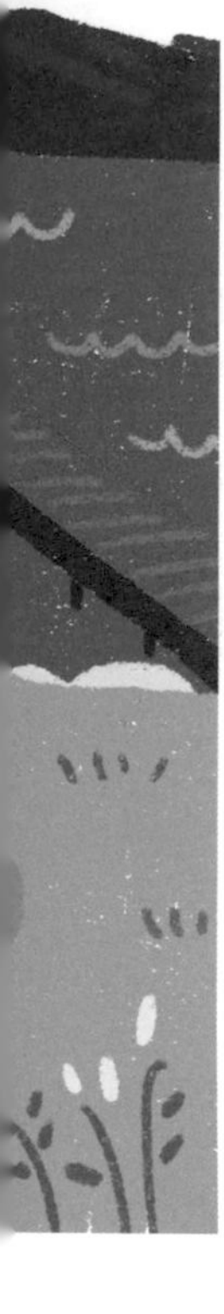

洞爺湖

今天泡湯的人不多，我們在入口繳了錢，脫鞋來到空空的大廣間，先把東西放好，大家就去泡湯池啦。舒舒服服的洗了澡，泡著湯，我發現昨天晚上漆黑一片的窗戶外面，在暮色未濃的現在，竟然可以看到洞爺湖景，還能清清楚楚看到中島的美景喔！泡著暖暖的溫泉，看著美麗的湖景，真是一大享受啊。

我全身暖暖的回到大廣間，同行的其他三人還沒回來。靠窗那邊的矮桌，有兩位小姐用手機玩自拍，泡湯後紅撲撲的臉蛋特別漂亮；右後方的矮桌，有三位男士一邊喝啤酒一邊聊天。我坐下來，拿出日記本開始記錄這兩天的經歷，寫著寫著，兩位小姐拍完照片走了；再寫著寫著，兩位男士把空空的啤酒罐丟進垃圾桶後，也走了。留下來的那位男士，竟然就躺在塌塌米上。我心裡的小劇場又上演了。小唉最先跑出來說：

「糟糕，人都走了，只剩我們兩個在這裡，有點可怕呀！」

迷糊蛋接腔說：

「是啊。置物櫃旁邊不是有張通緝犯們的照片嗎？我越想越害怕欸。」

「不會啦，他們三個看起來是本地人。」

樂樂樂觀的說。小唉卻頂她一句：

「那他怎麼還不回家？他的朋友都走了呀。」

「是啊，他長得有點凶的樣子！」

迷糊蛋越說，小唉越緊張了，樂樂和喜兒也不知道該說什麼。我手上的日記寫不下去了，正在考慮該不該到門口收費員那邊去呢？一個女士提著袋子出來了，她走進大廣間，蹲下來推推睡在塌塌米上的男士。男士起來收拾收拾東西，兩個人並肩走了。

我鬆了一口氣，輕輕敲了頭一下，我真是想太多了啦！拿起筆來，繼續把日記補完吧。咦，阿牛叔叔出來啦，準備回家，啊，是準備回帳篷去囉。

給小兔子的留言

小　唉：雖然是自己嚇自己，但是沒發生讓人擔心害怕的事情，還是很好的呀！在國外旅行，隨時提高警覺是很重要的。我出國前蒐集了一些安全守則，還是寫下來提醒大家好了。

1.天黑後不要單獨出門。
2.不走小路、暗巷。
3.護照和錢要保護好。旅費分幾個地方放，免得掉了就全沒了。
4.不要被人看見大把鈔票，準備一些零錢平時買東西用。
5.小心黑店。吃飯買東西都要看標價，沒有標價的要先問清楚。
6.不要隨便接受陌生人的飲料和食物。
7.路上警察也有可能是假的，最好在警察局處理事情。

樂　樂：小唉說的是很有道裡啦，可是要看夜景的話，一定得天黑後出門才行哪！

阿　爆：我們也遇過很多很熱情的陌生人啊。

迷糊蛋：嗄？還有假警察喔？怎麼知道誰是真的，誰是假的呢？

喜　兒：哎喲，小唉就是要大家小心注意的意思啦，你們別挑毛病了。

15 受歡迎的客人

6月5日　天氣　晴時多雲

出門旅行，我們總是要求自己，要做一個受歡迎的客人。至少，要做一個不被討厭的客人。可是今天卻發生了一件令人難過的事情，就先從洞爺湖的水之駅說起吧。

其實，來到北海道開車四處走，我們最先接觸到的是道之駅。它是位於道路邊的休息站，外面有超大的停車場，裡面有男女廁所、熱食餐廳之外，規模小的會有一些農產品乾料，和附近景點的小紀念品；規模大的有旅遊諮詢中心、農產品販售中心裡面除了乾料，還有生鮮蔬果和花卉，有一次我們還遇見一個附設溫泉泡湯的！這次來到洞爺湖，休息站叫做水之駅，應該是位於水邊的關係吧。這間休息站算大的，廁所有獨立的出入口，外圍還販售花卉和菜苗。大門口進來，一樓中間的大廳擺了桌椅，讓走累的旅客休息；左手邊是熱食店，右手邊是農產品展售中心，除了生鮮蔬果外，還有一些日本媽媽的手工藝品，藝品架旁的小房間，應該是辦公室，我看到每天來跟我們收露營場地費的工作人員在裡面。順著樓梯上二樓，樓梯口有一套桌椅，走進敞開的門，裡面是個展覽空間，這幾天展出的是在地人的畫作，靠牆的小桌上，還放著請參觀者留言的簽名簿。

我怎麼會這麼清楚呢？因為，穿過大廳從後門出去，右轉沿著湖邊小路往前走，走過一座小小的水泥橋、幾張大樹下的座椅，就會來到廁所和水洗棟，而我們的帳篷就在前面的草地上。所以這幾天，除了最常去洞爺之家泡溫泉之外，去最多次的就是水之駅了。

哎呀呀，真是說人人就到，洞爺之家賣票給我們的先生，剛剛才牽著狗兒走過旁邊的小路，他還跟我揮揮手打招呼。看來他對我們這幾個不會說日本話的外國人有印象呢。好了，言歸正傳，繼續來說水之駅吧。

我們去過很多次水之駅，第一次去時，在熱食店吃拉麵，店員熱心的跟我們比手畫腳，說明哪一種拉麵裡有哪些配料，我們也吃得頻頻豎起大拇指說：「歐一細」；第二次就是純粹的走走看看，蒐集附近景點的旅遊資訊；第三次我們在農產品中心買了蘆筍和青花菜，還有胡蘿蔔和高麗菜，回到帳篷跟超市買的肉類一起，做了一頓豐盛的晚餐；第四次就是今天了，阿牛叔叔先在後門附近的湖邊寫生，然後進來找我一起上二樓看畫展。就是這個時候，那個歐巴桑又出現了！

「奇怪，她怎麼一直找我們說話？」

小唉剛開始提出疑問，就被喜兒教訓了一下：

「人家就熱心啊，而且像她這樣英文很好的日本太太本來就不多，她是關心我們，怕我們有問題不能解決嘛！」

只是阿爆也覺得不大對勁：

「可是，她未免也問得太多次了吧？剛剛看拼布包問過一次，跟琳琳阿姨從廁所出來又問，現在上二樓還問！她是覺得我們有問題嗎？」

阿爆說得火氣越來越大，迷糊蛋還問：

「應該是吧，不然她怎麼都沒有問別人？」

「所以說啊，我覺得她好像在監視我們，怕我們要做什麼事的樣子！」

小喉眉頭越皺越深，樂樂正想說什麼，卻聽到小真叔叔問大家：「你們有沒有覺得，這位太太好像擔心我們會做壞事的樣子？」

阿牛叔叔點點頭：

「我也有這種感覺！」

離開水之駅往帳篷走，我們在路上討論為什麼會發生這種事情，卻沒有答案。我們反省檢討了這幾天在水之駅的表現，並沒有妨礙他人或是讓人討厭的行為呀！大家決定不受影響，繼續下一個行程，去拜訪一家出名的麵包店。琳琳阿姨說，她看過一部以這家麵包店周圍場景拍攝而成的電影呢！

「啊！就是這一片草坪。她們在店裡吃麵包的時候，看出去的就是這一片大草坪。」

我們確實找到了那一家麵包店，但是它卻高掛著暫停營業的招牌。沒有喝到咖啡，本來想拍下跟電影場景一樣美麗的畫面，卻看到告示牌上禁止拍照的要求。沒關係，看看美麗的風景也是很好的。

現在，坐在洞爺湖畔的草地上寫日記，看著薄霧瀰漫的中島，眼前好像是一幅活動的山水畫。想起這一路來我們遇見的親切溫馨的在地人，美幌森林照像的老爺爺、尾岱沼食事處請我們喝咖啡的老奶奶、櫻花博士、鶴居村韓式料理店送我們到門口深深鞠躬再見的主廚，還有剛才牽著狗兒跟我揮手打招呼的溫泉之家老闆，我跟心裡頭的小人兒們說：

「我們還是要做一個受歡迎的客人！」

16 新家新帳篷

6月7日 天氣 晴時多雲後細雨

看過洞爺湖的斜風細雨，看過洞爺湖的晴空朗朗，看過洞爺湖的煙霧繚繞，看過洞爺湖的明月星光，看過洞爺湖的千姿百態後，我們打算向山走去。這幾天不管到哪裡看景，總會看見遠處那座頂部覆蓋一條條積雪的大山。第一次注意到它的時候，迷糊蛋高興的大叫：

「富士山！富士山在那裡。」

「拜託，那不是富士山啦。富士山在日本欸！」

阿爆很氣迷糊蛋說話總是不經過大腦，可是她自己這次也被抓到一個漏洞。樂樂提醒她：

「這裡就是日本啊！」

「這裡是北海道。」

「北海道在日本呀！」

小人兒在腦海裡吵成一團，幸好識途老馬小真叔叔來解惑了：

「那是羊蹄山，因為形狀跟富士山很像，又叫做小富士或蝦夷富士。因為北海道舊名叫做蝦夷。」

原來如此！我們看了很多羊蹄山的美景，有前景是粉色芝櫻加上金黃油菜花的；有前景是大草原邊鑲著一圈鬱金香，還有乳牛低頭吃草的；還有一條又長又直的大馬路，兩旁是一望無際的田野，路的盡頭就矗立著羊蹄山！

依依不捨的跟還在孵蛋的天鵝媽媽說再見，我們要到羊蹄山腳下的京極湧泉公園去啦。這次，我們看到天鵝爸爸也在旁邊，要好好照顧她們喔，再見了，洞爺湖邊的天鵝夫妻。

邊走邊玩，邊看邊拍，來到湧泉公園旁邊的營地時，天就快要黑了。這裡的營地很大，搭好的帳篷不少。我們選了可以側望羊蹄山的地方，準備搭營，這才發現風好大，超級大！小真叔叔和琳琳阿姨的新式帳篷，很快就撐起來了；我們的十年老帳篷，卻站得十分吃力，六支營柱歪了兩隻，防雨的小天幕在風中啪啪作響，好擔心它會在風中棄我們而去。阿牛叔叔當機立斷，到市區吃晚餐時，買一個新的帳篷回來，不然還有十幾天要提心吊膽啊！

吃了飯，買了新帳篷，回到營地，風竟然停了！一點風都沒有，讓我以為剛才的狂風吹襲，是過度擔心老帳篷的幻覺。把東西放好，大家決定先去營地附近的溫泉洗澡兼泡湯，回來再搭新帳篷。

通常泡溫泉的地方會提供飲水，日本人似乎喜歡泡湯出來暖呼呼的時候，喝一些冰涼的水。這裡提供冰水的旁邊，還貼了兩張告示，說明這裡的水正是來自羊蹄山的湧泉水，而羊蹄山的湧泉水，在一九八五年被環境廳選為「名水百選」之一。也就是說，這裡提供的水是全日本一百名之內的好水啊，當然要多喝一杯囉。喝完好水回到營地，本來是準備搭新帳篷的，但是看著雖然有點歪斜，卻仍屹立不搖的老帳篷，抬頭望見滿天星斗，確定不會下雨，阿牛叔叔說：

「這麼晚了，也累了一天，今晚還是睡舊帳篷吧，明天早上再搭新帳。」

於是我們鑽進舊帳篷裡睡覺了。我想，阿牛叔叔是跟我一樣，想要再一次睡在舊帳篷裡，才決定隔天早起搭帳篷的吧！

結果，第二天早上我們還是沒有搭新帳篷，大家討論的結果是，在這裡拆舊帳搭新帳，不如拆了舊帳，到下個駐紮點再搭新帳，可以省一次搭帳拆帳，所以收拾東西上車，再去湧泉公園逛逛，就要往小樽去了。

湧泉公園好大呀！來這裡參觀的遊客不少，沿著舒適的木棧道向前走，整個公園就是一個綠字。高高大大的樹木，撐起一片綠蔭，倒映在池水裡是一片碧綠，走道兩旁高高低低的青草，更是綠得像是要滴出水來。深深吸一口氣，感覺連空氣都是甜的呢！步道繞過大池，來到嘩啦啦的瀑布旁邊，這裡的遊客特別多，又看到領隊導遊帶著團員匆匆而來，大家急著拍照的熱鬧場面。我們時間比較充裕，就把拍美照的亮點讓給大家，先順著階梯上去瞧瞧。呀，好多在地人拿著瓶子、罐子、小桶子，在這裡裝取岩石縫裡的水管噴出的泉水。這應該就是昨天在泡溫泉那裡喝到的名水了。

看過湧泉口，往停車場的路上，我們看到了真正的亮點！綠樹叢圍繞著綠水池，池邊一座紅頂小涼亭，遠處正是山形飽滿的羊蹄山，山上一道道白白的積雪清晰可見；這樣的美景完整的倒映在綠水池中，於是高山照鏡的美景就在眼前。而這樣的美麗風景裡面，竟然只有我們幾個人！

帶著滿滿的幸福感回到車上，載著我們的新家新帳篷，前往小樽去了。

17 樹海潮聲

6月10日 天氣 雨雨雨

現在，是的，就是現在，我和阿牛叔叔坐在新帳篷裡的露營椅上，看著手錶發呆。一時之間，不知道該繼續呆坐等待雨停，還是拉開帳門，冒雨跑過泥濘地，橫越小柏油路，衝進只有頂蓋的水洗棟，開始做早餐。

本來昨天晚上大家約好，七點半起床一起做早餐的，我被雨點打在帳篷劈里啪啦的聲音吵醒的時候，看看時間七點鐘，正好起來準備出門。沒想到雨越下越大，越下越大，簡直就像倒的一樣！正在慶幸換新帳篷沒有漏水的問題時，馬上就發現外面的大雨，讓我們無法出門去做早餐。還好昨天晚上有把兩張露營椅收進來，就坐在椅子上等雨停吧。等啊等啊雨還是一直下，已經八點鐘了。

「糟糕，遲到半個鐘頭了。怎麼辦？要不要出去？」

小唉忍不住說了。阿爆氣呼呼的問：

「這麼大雨，是要怎樣出去啦？不要說出去了，就連帳門一拉開，人就溼一半了，是要怎樣出去啦？」

她又問了一次。小唉小小聲的說：

「可是大家說好七點半的，現在都八點了。我們……」

「別緊張。外面除了下雨的聲音，就沒別的聲音了。我看他們也還沒出門，我們就再等一下好吧，說不定等等雨就停了。」

樂樂還真是樂觀。只是也沒有別的辦法了，就繼續等吧。阿牛叔叔拿出寫生簿，參考相機裡的照片開始畫圖，我就來寫日記啦。

從京極營地帶著新帳篷來到小樽，我們在天狗山半山腰的營地，首先遇到的是一條車子不能進入的上坡小路。把行李堆放在營地準備的手拉車上，阿牛叔叔在前面拉，我在後面推，路面上的碎石子卻一直跟我們做對，推得我們氣喘吁吁的！小唉一直在耳邊嘀嘀咕咕：

「好累啊！好累啊！」

阿爆也說：

「真是的，怎麼不鋪個柏油還是水泥，這樣很難走欸！」

還好小真叔叔和阿牛叔叔去管理中心登記時，樂樂發現路邊的綠草地上，有一群爺爺奶奶在打槌球，看起來滿有意思的。喜兒也發現路旁一棟木屋前面的大樹上，有一個跟拳頭差不多大的圓洞。屋裡走出一個人來，跟我們比手畫腳的說明，那是啄木鳥的窩巢。哈，連迷糊蛋都發現管理中心後面的操場旁，我們以為是蓋東西的大白布，竟然是堆在那裡還沒融化的積雪！所以當阿牛叔叔他們拿著編號一和二的帳篷號碼過來時，我高興的跟他說：

「這裡應該是個很棒的營地。」

這個設在自然教學中心裡的營地，確實很棒。我們的新帳篷就站在樹林裡的水洗棟和廁所之間，中間就隔著一條小路和幾棵大樹。再往裡面走一點，是管理中心搭好的固定式帳篷，提供給沒有帶帳篷的露營客。除此之外，大樹之間的草地上，還搭建了原木組成的大型攀爬遊樂設施，這應該也是學生們喜愛的露營場地吧。

第一天只有我們兩頂帳篷，太陽下山以後，天色暗了下來，只有廁所的小燈亮著。當我們關了營燈，鑽進睡袋睡覺的時候，一片漆黑當中，我竟然聽到了海潮聲！真的，就是海邊潮水的聲音，沙、沙、沙、沙的從很遠的地方傳來，越來越近、越來越近，然後越過我們的帳篷頂端，沙、沙、沙、沙的傳到很遠的地方去，越來越遠、越來越遠。一波潮聲過來，一波潮聲過去，沙、沙、沙、沙；沙、沙、沙、沙，我變成睡在海底的魚，靜靜聽著潮水來來去去。可是，這裡是天狗山的半山腰，哪裡來的海潮聲呢？

我小小聲的問阿牛叔叔：

「你睡著了嗎？」

「怎麼了？」

「你有沒有聽到海潮的聲音？」

「海潮？哦，你說的是風吹樹葉的聲音啦！因為這片樹林夠大，所以風吹到哪裡，哪裡就有沙沙聲。是滿像潮水的！」

原來是風吹樹葉的聲音哪，一大片的樹林形成樹海，風吹過來，潮聲響起，樹海潮聲伴著我睡覺，真是幸福啊！

不過現在外面雨越下越大，會不會真有潮水淹進來啊？要是雨水成潮，那可就沒有樹海潮聲那麼詩意了，我們真的就一直坐在帳篷裡等嗎？正要開口問問阿牛叔叔的意見，我聽到外面響起琳琳阿姨的聲音：

「不能再等下去啦，出來一起準備早餐吧！」

是的，總不能關在帳篷裡餓肚子，我要收起日記本，咬牙衝出去！就先寫到這裡啦。

18

札幌索朗祭

6月11日 天氣 細雨微風後雨停

如果天氣不願意配合我們的旅行計畫，我們也只能改變計畫來配合天氣。

昨天早上在大雨中吃過早餐後，竟然有一群幼兒園的小朋友出現了！他們穿著連帽雨衣和長筒小雨鞋，在老師們的帶領下，進行認識植物和說故事的活動。連小朋友都出門了，我們更不能被雨關在帳篷裡。於是，我們開車出門漫遊。先到天狗山上，前一天晚上來看夜景的公園，餵花栗鼠吃葵花子；再到附近的公園看牡丹花。

雨勢變小了，雨點兒停停歇歇，傍晚時分我們撐著雨傘在小樽運河邊散步。暗藍色的天空下，老舊倉庫的紅色磚牆上，交錯著綠色的爬藤。橘黃的街燈，映照著黝黑的河水，細密的雨絲在河面上點出一圈圈漣漪。

「哇！雨夜的小樽運河真是浪漫。」

喜兒高高興興的說完，卻被小唉澆盆冷水：

「這麼冷，有什麼好浪漫的啦！」

「既然來了，看看雨中夜景也不錯啊，不要唉聲嘆氣的嘛。」

樂樂出來當和事佬，於是大家靜靜的感受小樽夜雨的氣氛。

但是這個雨啊，一直下到了今天早上。按照計畫，我們是兩天前就要拔營離開天狗山的，為了這不停的雨留到今天，連管理中心的工作人員，都用生硬的英文說我們：

「Crazy！」

今天早上不走不行了，因為我們要到札幌看索朗祭，已經定了連鎖旅館的房間。既然雨中的帳篷帶不走，就決定把帳篷留在這裡，明天再回來。出發時回頭看著為我們遮風避雨好幾天的帳篷，竟然有種離家遠行，依依不捨的感覺呢。

從人煙稀少的山裡頭，來到人潮擁擠的大都市，尤其是正在舉辦祭典的大都市，還真有點不能適應。把簡單的行李放在旅館房間，我們要到大街上尋找祭典進行的場所。才走出旅館大門，就聽到咚咚鼓聲傳來，循著鼓聲前行，我們來到一條封路的大街。路的前頭有個小小的司令臺，尾端是表演隊伍進場的地方，兩旁就是擠滿人潮的觀眾席。我們在觀眾席的最後一排，從人群的縫隙當中，窺視大馬路上的表演，依然能夠感受到熱鬧節慶的喜悅。

索朗祭的源起，來自於一群高中生。他們被南方小鎮的祭典感動，希望自己的家鄉也有這樣盛大的慶典，就開始舉辦大隊人馬穿著精心設計的舞衣，搭配歌詞中有「索朗」這句詞語的舞曲跳舞，和觀眾同樂的祭典。我們看到的隊伍，有男女學生的年輕團隊，有老老小小的家族團隊，還有叔叔阿姨的社區團隊，全都穿著鮮亮的舞衣，畫了濃厚的妝容，興高采烈的賣力表演。

觀眾來來去去，我們終於有機會站在最前排觀賞。我印象最深刻的有三件事情，首先每個隊伍登場，觀眾席上總有一些特別熱情的人，跟隊伍裡的某個人大力揮手招呼。他們應該是特地來捧場的親朋好友吧，溫暖的情誼真教人羨慕。再來是表演者臉上的表情，每一個都是那麼認真賣力，並不因為表演人數眾多而馬馬虎虎，可以感覺到他們的真心。最後，我最愛的表演是每一隊都有的壓陣大旗。好大好大的一面大旗，掛在很長很長的旗桿上面，旗手大力揮舞起來，它彷彿有了生命一樣，在風中飛揚、飄盪、翻滾，真是好看！

看了一隊再來一隊，再來一隊之後又來一隊，直到表演結束才發現，我的腳好瘦哪！聽說今天札幌市區封了好幾條街，都在做這樣的表演。每一個街區的表演隊伍中，會選出最優秀的幾名，參加晚上在大通公園的總決賽，爭取光榮的第一名！

我們吃過飯趕緊回到旅館休息，打算晚上到大通公園去共襄盛舉。雖然沒有親朋好友參加盛會，但是精采的表演很吸引人，下午我們只看了一條街區的表演，還有其他地方的沒看到，晚上的可是篩選過的菁英隊伍，怎麼可以錯過呢！

晚上七點，大批人潮開始聚集往大通公園移動，在工作人員的管理指揮之下，秩序相當不錯。我們沒有買票，不能進入舞臺正前方的觀賞區，可以在後面的休息區看大螢幕上的即時轉播，也可以

祭

在舞臺側面欣賞實況演出。我們選擇看實況表演，比較有臨場的震撼。

整個比賽果然像預料中的一樣精采，只是節目尾聲卻來了一個意外的驚喜！司儀介紹下一個出場的隊伍，因為聽不懂日語而沒有認真在聽，但是臺灣、臺灣的音調聲聲入耳。難道下個隊伍來自臺灣？是的，就是臺灣！精采的金雞報喜表演，配著我熟悉的樂曲〈草蜢弄雞公〉和〈內山姑娘要出嫁〉，完全不輸當地隊伍的表現啊！喜氣洋洋的舞蹈，卻讓我幾乎要流下淚來，離開家到千里之外，快要一個月了呀。雖然名次公布時，臺灣隊並未入選，但他們鐵定是我心目中的第一名！

19

一個人露營

6月14日 天氣 晴

從札幌回到天狗山半山腰的營地，帳篷在晴朗的天空下等待我們，雨終於停了。隔天早上，陽光把我們的帳篷和地墊晒乾，再度把行李堆上手推車，沿著碎石小路，我們要離開自然中心的營地了。

「啄木鳥，再見了！」

喜兒雖然沒有看到啄木鳥本尊，但是那棵有著圓樹洞的大樹下泥地上，一小堆新鮮的木屑，表示牠還住在裡面。

「山坡上的積雪，再見了！」

迷糊蛋發現下了這麼多天的大雨，那片厚厚的積雪竟然還在！

「再見了！槌球。」

樂樂對著綠草如茵的槌球場，感嘆著這麼多天竟然沒能下去玩一場。

倒是小唉一反常態笑嘻嘻的說：

「終於要前往下一站啦！」

我們的下一站是鶴沼公園，沿路盛開的魯冰花，告訴我們，春天已經來到北海道一陣子了。這裡的魯冰花很高，像手掌一樣的綠葉，叢生在底部，抽高的花序，像尖塔一樣矗立在綠葉叢中。深紫色的、豔紅色的、純白色的、粉橘色的、淡黃色的，色色漂亮！色

色精采！有時候開在一大片的山坡上，有時候點綴在古樸的建築旁，連電線桿都被妝點得像圖畫一樣。

鶴沼公園裡有一個大湖，我們的兩頂帳篷，就站在環湖小路旁邊的草地上。兩隻小小的橘色三角旗，插在帳門旁邊迎風招展，告訴旁人我們已經在管理中心繳費了。不過，大大的公園裡只有我們這兩頂帳篷，好像也沒什麼旁人了。

直到我們從湖對面的溫泉泡湯回來，發現水洗棟旁邊多了一個小小的單人帳篷，附近的停車場裡停了一輛很酷的重型機車。我沒有看到單人帳篷的主人，他卻勾起我心裡一個大疑問。

「一個人露營，要跟誰說話啊？」

迷糊蛋第一個提問。小唉幽幽的回答：

「他可能就是不想說話吧。」

「有時候一個人也很好啊，看看風景、想想心事，沒人來吵也不錯。」

這是喜兒的說法，沒想到樂樂跟她唱反調：

「快樂就是要跟人分享才會更快樂呀，一個人怎麼分享？」

其實，剛到北海道來，在日之出營地第一次紮營的時候，我就發現一位單獨露營的中年男子。他的帳篷就在我們的斜後方，傍晚的時候一個人在小小的火爐上烤肉，配啤酒喝。後來在美幌森林公園拔營的時候，車子開過蘑菇小屋的綠草地，大雨中我看到一個小帳篷，和今天這臺一樣的重型機車。鶴居的免費營地裡，也有兩三個獨居的露營者，他們一個人行動，彼此之間並沒有交流。來到了洞爺湖，也有一個小帳篷，旁邊一個坐在露營椅上的身影，面對著晴雨不定的大湖，一動也不動的沉思久久。還有，還有，天狗山半山腰的營地，大雨稍稍停歇的那天下午，也有個年輕人，自己推著手推車，從碎石小路進來樹林子，在原木攀爬設施旁邊搭營。

我從來沒有一個人露營過，我總以為露營是一件熱鬧而快樂的事情。人生第一次露營是國中一年級暑假，就在學校的操場上搭營帳，二十幾個班級的帳篷排排站，隔壁的打鬧嘻笑聲聽得清清楚楚。營火晚會一如期待中的笑聲連連，晚會結束後也一如預料中的，在帳篷裡聊天聊到輔導老師來嚴厲禁止後，依然在睡袋裡嘀嘀咕咕。印像中最深刻的露營是，背著重裝備和朋友一起跟隨登山隊，四十幾個人沿著溪谷穿越山陵，兩天一夜從新北市走到宜蘭。沒有營火會，卻有溫馨的宵夜時間。我們的領隊和嚮導經驗豐富，帶領著原本不認識的彼此，星夜談心快樂無比。不過，那次在竹林下搭營，睡覺時蚊子大軍來襲，下山後看皮膚科醫生，他說癢個一兩個月才會好，還真的一點都不誇張！

將近一個月的北海道露營生活，雖然只有四個人，但是吃住一起，泡湯一起，出門賞景也一起，互相作伴，同甘共苦，真是一次特別的經驗。看見這些自己出門露營的人，還蠻想知道那是怎樣的感覺呢。只是我的日文不好，加上會一個人出來，應該就是不想被打擾吧，我還是別去煩人家了。

也許有一天，我也來試試一個人露營，自己感受一下那種感覺。不過，目前看到的單人露營者，全都是男生。是因為安全考量呢？還是我孤陋寡聞，露營的時間不夠長，去過的地方不夠多？只有繼續觀察囉！

20

回家

6月17日　天氣　晴

啊，我們又回到富良野來了。將近一個月前，我們爬上日之出營地後面的山坡，看見剛種下的薰衣草植株，期待一個月後回到這裡，可以看到一片花朵盛開的紫色大地。只是時間還是太早了一點，等到七月分薰衣草開花，我們早就回家了。不過沒關係，這幾天的主角是魯冰花。花莖可以高到我的腰部、甚至是肩膀的魯冰花，馬路邊、山坡上、牆角下到處都是魯冰花！

前幾天我們住的民宿，是北海道薰衣草季熱門的住宿點，因為不是賞花季節，我們臨時來訂房，還有一間四人房可以入住。這裡是這次旅程，吃住最享受的一次。乾淨潔白又鬆軟的棉被枕頭床墊，用柴火燜煮的白米飯和現煮的野菜咖哩當晚餐，還有剛炸好的馬鈴薯丸子和生菜沙拉當早餐。更棒的是露臺上舒適的吊床，可以躺著看遠處那山頂還有積雪的十勝連峰；還有門口大樹上那座搖搖蕩蕩的繩梯，可以把我們帶到樹冠的原木平臺，居高臨下的欣賞美好風光。當然，主角正是木屋前那條蜿蜒小路邊的魯冰花，大樹平臺下的魯冰花，美麗的魯冰花我們看得好過癮哪！聽民宿女主人說，這些魯冰花全都是野生的。這就更令我讚嘆不已了，因為富良野好多花田都出自人工種植，確實非常漂亮，但是過於工整，還是野生的

比較有趣味。

離開民宿，這兩天我們住在金山湖畔。考慮到就要打包行李回家了，決定住小木屋比較妥當，免得像在小樽天狗山的時候一樣，被大雨關住了，飛機可是不等人的呀！

說到小木屋，剛開始我以為這裡的小木屋跟臺灣一樣，就是把旅館的房間搬到木屋裡面，提供床鋪棉被枕頭，還有熱水電視，再加上一間衛浴設備。結果營地裡的小木屋，就是單純的小木屋，跟剛搭好的帳篷一樣，裡面空無一物，頂多擺一個沒有門的小櫃子，有沒有電還得看運氣呢。

不過，本來就是出來露營的呀，所以在木頭地板上，鋪上一層防水墊，再加一層充氣睡墊，攤開羽絨睡袋，環視一下這一個月來跟著我們上山下海的七大件行李袋，還是安安穩穩的進入夢鄉啦！

今天早上起來，在湖畔的水洗棟，煮了一鍋香菇雞湯烏龍麵，面對著波光粼粼的湖水吃飽喝足以後，開始打包行李。附輪子的大黑袋子，裡面裝的帳篷、睡墊和睡袋，舊帳篷換成了新帳篷，留下一片薄薄的外帳做紀念。斑馬花紋的特大行李箱，裡面裝的是鍋碗瓢盆加露營用的瓦斯爐，還有半包乾香菇，送給繼續留在這裡半個月的小真叔叔和琳琳阿姨。大灰硬殼行李箱裝的是阿牛叔叔的衣物、相機和電腦，電腦裡裝了這一個月拍的一萬五千多張照片。深咖啡色的中型行李箱放的是，我春夏秋冬四季的衣服褲子外套圍巾和毛襪，還有零食點心和常備藥，慶幸這些衣物讓我像洋蔥一樣穿脫方便，足以應付北海道一天裡就有春夏秋冬的氣溫變化，更慶幸零食點心都吃光光，而完全沒有動用到常備藥品。黑色有拉桿的背包是阿牛叔叔的隨身行李，裡面有畫畫寫生的作品、紙筆，和雨傘水瓶等一些雜物。我的隨身行李是鮮黃鑲綠邊的背包，裝了毛帽背心手套和寫了滿滿鉛筆字的筆記本。第七件是還是塞不進箱子，本身又沒有袋子可裝的，兩張高靠背露營用椅子，包上露營用的鋁箔防水墊，再用營繩緊緊的綁在一起。

最後的確認工作，就是阿牛叔叔用行李秤，把七件行李的重量一件一件秤出來，我再把總重量計算好，還要安排哪一些托運，哪一些隨身攜帶，才不會超過航空公司的規定。最後決定來到這裡才買的小餐桌不帶回去了，小真叔叔用過後，再考慮怎麼處理。行李堆上車了，小真叔叔要載我們去機場。坐在車裡跟金山湖揮揮手，感嘆著時間過得真快！小唉第一個跳出來說：

「啊，下次再來，不知道是什麼時候的事啦！」

「是呀，不過要回家了，也是件快樂的事喔。」

這當然是樂樂說的，喜兒也說：

「帶著美好的回憶回家，真棒！」

倒是阿爆盯著迷糊蛋檢查，是不是七件行李都上車了。

來到機場，下了車，跟小真叔叔和琳琳阿姨揮揮手。我們安排

好行李，吃過晚飯，到候機室等待。掏出日記本來，寫下兔子阿姨露營日記的最後一篇，我們要回家啦！

國家圖書館出版品預行編目資料

兔子阿姨露營記／陳素宜文；顏銘儀圖．--
初版．-- 臺北市：幼獅，2018.07
面；　公分. --（散文館；33）

ISBN 978-986-449-112-4(平裝)

859.7　　　　107004477

・散文館033・

兔子阿姨露營記

作　　者＝陳素宜
繪　　圖＝顏銘儀
出 版 者＝幼獅文化事業股份有限公司
發 行 人＝李鍾桂
總 經 理＝王華金
總 編 輯＝劉淑華
副總編輯＝林碧琪
主　　編＝林泊瑜
編　　輯＝黃淨閔
美術編輯＝游巧鈴
總 公 司＝10045臺北市重慶南路1段66-1號3樓
電　　話＝(02)2311-2832
傳　　真＝(02)2311-5368
郵政劃撥＝00033368

印　　刷＝祥新印刷股份有限公司
定　　價＝270元
港　　幣＝90元
初　　版＝2018.07
書　　號＝986283

幼獅樂讀網
http://www.youth.com.tw
e-mail：customer@youth.com.tw
幼獅購物網
http://shopping.youth.com.tw

行政院新聞局核准登記證局版臺業字第0143號